岡本かの子　いのちの回帰

高良留美子
Kora Rumiko

翰林書房

岡本かの子　いのちの回帰◎目次

母性の光と闇――『母子叙情』をめぐって

1　母と子の関係

母と子の関係は絶対である、とはよくいわれることだ。(1)この言葉が一面の真実を感じさせるのは、人間の子どもが完全に近いほど無力な状態で母親の胎内から生まれてきて、多くの場合母親の手で育てられ、しかもすでにかなり発達した脳髄をもっていることに起因している。鳥の雛などについて、〃すりこみ〃ということがいわれるが、人間の子どもの〃すりこみ〃はまず母親によっておこなわれることが多く、しかも子どもの方はその記憶をほとんどもたないという一方的な事情が存在している。

人間がその生存の原初に出会わなければならないこの非対等性、この不均衡性こそは、人間の哀しさの根源をなすものだろうが、子どもは成長するにしたがってこの関係を自分なりに反芻し、修正し、母親との関係をなんらかの形で相対化していくのが普通である。しかし、子どもにとって、生存の原初に経験した闇は、まるで宇宙の原初に存在した、人智の及ばない〈最初の五分間〉のように、生涯絶対の闇としてとどまっている。そこで自分がどんな〃すりこみ〃を受け、萌芽としての自分が形づくられたのかを、人間はついに意識しつくすことはできないのだ。

一方母親の方は妊娠期間中もふくめて、子どもとのあいだで経験した一種絶対の関係性を自分だけのものとしてにぎりしめていることが多い。いやにぎりしめさせられているといった方がいいかもしれない。それを甘美な記憶の玉手箱のようにしている人もいれば、あっさり社会化して忘れてしまっている人もいるだろう。いやそれよりも、苦労と甘さのないまぜになった経験として保持している人が多いのではないだろうか。しかし総体的に見るとき、その闇のなかには夫婦の在り方や女が出産・育児をする状況もふくめて、人間と社会の闇の全体が逆さ映しに映っているのであり、ギリシア神話のパンドラの箱のように、ひとたびそれをあけると、どんな悪がとび出してくるかわかったものではないのだ。

その闇のもっとも暗い側面は、子捨て、子殺し、幼児虐待などをふくんだ、母親の子どもへの加害という形で現れてくる。常軌を逸した溺愛や偏愛も一種の加害であり、そうした加害によって、しばしば子どもは一生とり返しのつかない刻印を押されてしまうのである。

子どもが母親の影響を善悪・明暗ともに意識し、のりこえようとすることは、その成長のプロセスにともなうかなり普遍的な事柄だが、母親の方が、自分が子どもにあたえた影響の質や重さをどれだけ意識しているかということになると、はなはだ心もとないといわなければならない。子どもの生存の原初の闇は、母親にとっても未分の闇であるという側面をもち、それを意識化することは想像以上にむずかしい。それは女性が数百万年にわたる人類の進化の歴史のなかで、意識と無意識、社会と自然、共同体と個人のいとなみのあわいで生きつづけ、にぎりしめつづけてきた失われた輪《ミッシング・リング》なのだ。

母性のもつ闇のなかでももっとも暗い側面、加害の側面を、その光の側面、慈愛の側面と同じ重さで感じ、意識化し、表現した作家に、岡本かの子がいる。彼女の文学のテーマは、もちろん母性の問題だけではないが、この問題がかの子の文学的生涯の中心的テーマの一つだったことは、誰も否定しないだろう。母性の闇はかの子にとって、たんに息子との関係における闇であるばかりでなく、なによりも夫との関係を通して、先にのべたような社会の闇、人間の闇、宇宙の闇につながるものであり、そこには彼女が結婚生活の初期の数年間に生きた矛盾のすべてが、凝縮している。また彼女が大乗仏教の助けを得て、すべてのいのちを肯定する「大母性」にいたろうとするその道程の出発点にして同時に経験の核のようなものが、そこには表現されている。

岡本かの子の母性のテーマは、短篇物語『鬼子母の愛』(一九二八〔昭和三〕年)のなかに表現されているといわれるのが普通である。しかしこの短篇では、中心テーマがその具体的な内実において展開されているとはいえない。この現実の社会で母性の生きる矛盾が具体的な相において表現されているのは、やはり『母子叙情』(一九三七〔昭和十二〕年)においてであろう。

『鬼子母の愛』のなかで、鬼子母は釈尊にむかっていう。「自分と自分のこどもとの間柄はもっと必死です。呆れ返る程、あれは絶対のわたしなのです。(改行)それをわたしから離しては置けません。ですからどうぞ返して下さい。(改行)その子をどうぞ返して下さい。」

鬼子母の子どもにたいする「必死」さのなかには彼女自身の「絶対のわたし」があり、子どもを失うということは、その「絶対のわたし」を失うことなのだ。これは自己愛の極致ともいえ、短篇『鬼子母の愛』は、鬼子母が釈尊の導きによってこの自己愛の極致としての母性愛から、他人の子を食べたという罪の謝罪を通って、「個人の母親としてより、もっと広い意味の母性」、「天地の何処にも行き渡れる母性」へと開眼する過程をたどる。罪の自覚による覚醒という意味で、宗教的な解決といってもいいだろう。

しかしこの物語は、人物設定があまりにも単純化されすぎていて、岡本かの子の経験の振幅を表現するには間尺が足りなかったように思う。なによりもここには、鬼子母の夫が片鱗も姿を現さない。父権制家族のなかでは夫（父）を通して投影される外界の闇こそは、母性の闇の根源の一つなのだが、それが欠けているため、『鬼子母の愛』は人類愛的な、宇宙的母性への開眼という意味ではまことに美しい結論に達しているが、最初にのべたような母性の闇の全体像を表現するにはいたっていない。

2　母性の加害

『母子叙情』は一般に岡本かの子の息子太郎にたいする〝子恋い〟の小説であり、抑圧された母性愛が昇華されて生まれた作品と考えられている。それはけっして間違いではないが、わたしがこの作品に注目するのは、ここに母親から子どもへの〝加害〟の側面がきちんと描きこまれていて、しかもそれが夫との関係でとらえられているからなのだ。

主人公かの女（かの女とは彼女の意味ではなく、かのという名の女という意味の命名だと思われる）は夫と連れだって銀座へ行く途中、バスのなかから東京には珍しいマロニエの木々を見て、かつてパリで息子が、「おかあさん、とうとう巴里へ来ましたね」といったのを思い出す。この言葉は、二人の母子のあいだで、特別な意味をもった言葉なのであった。


この言葉には、前物語があつた。その頃、美男で酒徒の夫は留守がちであつた。彼は青年期のあり余る覇気をもちあぐみ、元来の弱気を無理な非人情で押して、自暴自棄のニヒリストになり果てゝゐた。かの女もむすこも貧しくて、食べるものにも事欠いたその時分、かの女は声を泣き嗄らしたむすこを慰め兼ねて、まるで譫言《うわごと》のようにいつて聞かした。

「あーあ、今に二人で巴里に行きませうね、シャンゼリゼーで馬車に乗りませうねえ」

その時口癖のやうにいつた巴里といふ言葉は、必ずしも巴里を意味してはゐなかつた。極楽といふほどの意味だつた。けれども、宗教的にいふ極楽の意味とも、また違つてゐた。かの女は、働くことに無力な一人の病身で内気な稚ない母と、そのみどり子の餓ゑるのを、誰もかまつて呉れない世の中のあまりのひどさ、みじめさに、呆れ果てた。——絶望といふことは、必ずしも死を選ませはしない。絶望の極死を選むといふことは、まだ、どこかに、それを敢行する意力が残つてゐるときのことである。真の絶望といふものは、たゞ、人を痴呆状態に置く。脱力した状態のまゝで、たゞ何となく口に希望らしいものを譫言のやうにいはせるだけだ。

その後十数年経って、かの女は息子一郎と夫逸作と共にパリの土を踏む。そしてさらに足かけ四年後に、かの女は息子のためを思い、「歯を喰いしばつて」一郎をパリにのこして帰国するが、五年経ったいま、息子との別離に耐えられない思いがしている。このかの女を、逸作が銀座に連れ出してくれるのである。

かの女は銀座の喫茶店モナミで、一郎と一緒に行ったパリのキャフェのことを思い出している。かの女は一郎が男性にたいしては感受性がこまかく神経質なのに、女性にたいしてはわりあいに大ざっぱで、圧倒的な指揮権をもっているのに気づく。また一郎をとりまく女たちが、なにかいうときにも一郎にたいして伏目になり、言訳じみた声音でものをいうのにも気づく。それにたいして一郎の方は、「何等情を仮さないと云つた野太い語調で」答えている。「それは答へるといふよりも、裁く態度だ。裁判官の裁きの態度よりも、サルタンの熱烈で叱責的な裁き方だ」とかの女は考える。そしてさらに、日本にいるころから、一郎が女性から一種の怯えをもって見られていたことに気づき、それは自分にも原因があるのではないかと考える。

かの女は、むすこが頑是ない時分から、かの女の有り剰る、担ひきれぬ悩みも、嘆きも、悲しみも、恥さへも、たつた一人のむすこに注ぎ入れた。判つても、判らなくても、ついほかの誰にも云へない女性の嘆きを、いつかむすこに注ぎ入れた。頑是ない時分のむす子は、怪訝な顔をして「うん、うん」と頷いてゐた。そしてかの女の泣くのを見て、一緒に泣いた。途中で欠伸をして、また、かの女と泣き続けた。

稚純な母の女心のあらゆるものを吹き込まれた、このベビー・レコードは、恐らく、余白のないほど女心の痛みを刻み込まれて飽和してしまつたのではあるまいか。この二十歳そこらの青年は、人の一生も二生もかゝつて経験する女の愛と憎しみとに焼け爛らされ、大概の女の持つ範囲の感情やトリックには、不感性になつたのではあるまいか。さう云へば、むす子の女性に対する「怖いもの知らず」の振舞ひの中には、女性の何もかもを呑み込んでゐて、それをいたはる心と、諦め果てた白々しさがある。そして、この白々しさこそ、母なるかの女が半生を嘆きつくして知り得た白々しさである。その白々しさは、世の中の女といふ女が、率直に突き進めば進むほど、きつと行き当る人情の外れに垂れてゐる幕である。冷く素気なく寂しさ身に沁みる幕である。死よりも意識があるだけに、なほ寂しい肌触りの幕である。女は、いやしくも女に生れ合せたものは、愛をいのちとするものは、本能的に知つてゐる。いつか一度は、世界のどこかで、めぐり合ふ幕である。むす子の白々しさに多くの女が無力になつて幾分諛ひ懐しむのには、かういふ秘密な魔力がむす子にひそんでゐるからではあるまいか。そしてこの魔力を持つ人間は、女をいとしみ従へる事は出来る。しかし、恋に酔ふことは出来ない。憐れなわが子よ。そしてそれを知つてゐるのは母だけである。可哀相なむす子と、その母。

これはただならぬ文章であり、また内容である。これまでの文学のなかで、女が率直に生きようとすればするほどきっと行き当たるおそるべき〝幕〟を、またそのための母の子どもへの加害とその結果への危惧を、このような形で表現した者があっただろうか。しかもその加害は、夫の人生への態度や世間の在り方と密接な関係をもち、息子の性格と人生にとり返しのつかない刻印をあたえている。岡本かの子はこれまで誰もとりあげなかったこのテーマを、文壇に登場した第二作目に、その文学の中心の位置にすえたのである。

かの女は喫茶店を出たあと、後姿が息子にそっくりな青年を見つけ、あとをつけていく。やがて青年の側からの願いによって交際がはじまるのだが、その青年春日規矩男との関係が肉体的な異性愛に高まろうとした瞬間、かの女は突然規矩男から逃げ、かれとの交際を絶つ。そのあとかの女は逸作にあらましを話し、こう考える。

かの女が何と云ひ訳しようとも、道徳よりも義理よりも、そしてあんなにも哀切な規矩男への愛情よりも、もつと心の奥底から子を瀆したくなかつた母の本能、しかく潔癖に、しかく敏感に、しかく本能的にもより本能的なる母の本能――それには「むす子に済まない」そんなまだるい一通りな詞が結局当て嵌るべくもないのに、今更かの女は気がついた。むす子の存在の仲介によつて発展した事情において××××……それを母の本能が怒つたのだ、何物の汚瀆も許さぬ母性の激怒が、かの女を規矩男から叱駆したのだ。

しかしかの女の行為は、「むすこの存在の仲介によって発展した事情において」などというまわりくどい説明より、端的に規矩男が一郎の分身であり、影であり、双生児《ふたご》の兄弟であると考えた方がわかりやすい。かの女と規矩男との異性愛は、母子相姦に近いのだ。

規矩男という青年は、注意深く一郎とは似たところのない青年として描かれている。

青年のまともの顔が見られる度に、かの女は一剝ぎずつ夢を剝がれて行つた。それはむす子とは全然面影の型の違つた美青年だつた。（中略）青年の丸い広い額が現はれ出すと、むす子に似た高い顎骨も、やゝ削げた頰肉も、つんもりした細く丸い顎も、忽ち額の下へかつちり纏つてしまつて、セントヘレナのナポレオンを蕾にしたやうな駿敏な顔になつた。

このような表面上の相違にもかかわらず、規矩男が一郎と双生児の兄弟だと考えられるのは、まずこの青年と母親との関係からである。規矩男もまた、その母親によって害を受けている人間なのだ。「僕の積極性は、母の育て方で三分の一はマイナスにされてますから」とかれはいう。そしてかの女は規矩男の母鏡子に会って、「あれほどの複雑な魂を持つ青年の母としては、あまりに息子の何ものをも押へてゐない母。ただ卑屈で形式的な平安を望むつまらない母親である」と観察し、「規矩男のぶすく生燃えになつてゐるやうな魂を考へると、その母をも、もう少し何とかしてやりたい」と考える。

しかしこのモチーフは、ドラマとしてはこれ以上発展しない。規矩男がかの女との交際を転機としてのちに母親のもとを離れて学問の道へ進み、母親に押しつけられた許嫁との婚約も解消して自立していくことが、最後に規矩男の手紙の形で語られるだけだ。

3　転位された憎しみ

岡本かの子がこの小説にこの母親を登場させ、さらに脇道とも見える形でその亡夫春日越後の存在を挿入したより深いねらいは、明らかに別のところにある。それは鏡子と規矩男の母子関係の軸上にではなく、鏡子と夫の越後との夫婦関係の軸上にあるのだ。

春日越後は直情径行に過ぎるためあまり出世しなかった外交官で、体《てい》よくやめさせられて武蔵野に住んでから結婚したのが、二十以上齢のちがう鏡子であった。かれは静かな固定した幸福こそ真に人生に意義あるものと考え、「世界中で見集め、聞き集め、考え蓄めた幸福の集成図を組み立てにかゝつた」。そして妻にもその点景人物として、「図面に調和するポーズ」を求めたのだった。鏡子は土地の素封家の娘で、恋に破れていたため、越後の求婚をすぐに受け入れた（このあたり、岡本かの子自身の結婚の事情を推察させるものがある）。鏡子は夫が妻としての自分の生活を華やかで張合いのあるものにしてくれることを期待したが、夫は日々ただの村老になっていき、彼女はそれに従えられ慣らされていった。規矩男が生まれたころには、女盛りの鏡子はわざと老けた身なりをして、ぼけて偏屈になった老夫のお守りをしなければならなかった。

この鏡子が自分にも規矩男にも「夫の与へた暴戻《ぼうれい》なものに向つて、呪ひの感情を危く露出しさうに」なるのは、春日家を訪れたかの女が故春日越後の肖像画を見るくだりである。

「お立派な方ですこと」かの女はしんから云つた。

「いいえ、似ちやおりません」

重ねて云つた夫人の言葉は、かの女がびつくりして夫人の顔を見たほど、意志強い憎しみの籠つた声であつた。そしてなほかの女が驚きを深くしたことは、夫人の面貌や態度に、今までに決して見かけなかつた、捨て鉢であばずれのところを現はして来たことだつた。

夫人の異様な態度はさらにつづくが、「夫人は自分の変化をかの女に気取られたのを知つて、ちよつとしまつたといふ様子を見せ……」というところなどは、品位もなにもないけちな犯罪者のような感じで描かれている。

この鏡子の人間像は、この小説のなかではこれ以上の発展を見せていない。それだけになおさら、なぜ岡本かの子がこの鏡子という女性を亡夫への憎しみに満ちた女性として描いたかという疑問が湧き上がってくるのだ。

思うに、この女性はかの女のもう一つの姿なのである。鏡子という名前にも暗示されているように、鏡に映ったかの女の分身だといってもいい。一人の女性の、夫への寛容と愛に満ちた姿をかの女が代表しているとすれば、彼女自身にも息子にもとり返しのつかない傷をあたえた夫への恨みと憎しみに満ちた姿を、鏡子は代表している。一郎と規矩男が双生児の兄弟である以上に、かの女と鏡子は双生児の姉妹であり、一枚の楯の表と裏なのだ。それ以外に、かの子が鏡子という女性をこのように造型した意義を見出すことはできない。

かの女は「その後ほとんど人生への態度を立て直した」現在の夫に満足し、夫を愛しているように見える。「母子は逸作への愛に盛り上つて愉快に笑つた」と作者は書き、また「ほんたうに、あなたにも私にも勿体ないやうなパパ……今のやうなパパだと、昔のことなんか気の毒で云へないね」とかの女にいわせている。このようなかの女の大らかさにこれまでの男性批評家たちは満足し、感嘆してきた。たとえば伊藤整は「岡本かの子『母子叙情』」のなかで、次のように書いている。

たいていの場合、妻や子がかういふ歎きに沈んでゐるときには、夫がその責を負はされる。そういふ風にしてしかこの場面を書けないのが、今までの一般の思考の型であつた。それに対して疑ひをさしはさんだ考へかたはあまりないやうである。この作者にしても、さういふ考えかたにここで疑ひをさしはさんでゐるとは言へない。それ処か、その事をただ当り前のやうに夫の責とせず、「誰もかまつて呉れない世の中のあまりのひどさ、みぢめさ」と言つてしまつてゐる。さう思ひながら純粋にこの悲しみを悲しみとして味ふことができたとすれば、たしかにこの作者は変つた人である。自分の愛してゐる人に悪い言葉をかけたくない、といふ一種の天使のやうな、またそれが一転すれば白痴的とも言へるやうな美しい心根がこの作家のどこかにひそんでゐたのであらう、とおぼろげに想像される。（『東京朝日新聞』一九三八年四月十八日）

『母子叙情』の好評のうちには、このような男性たちの満足感と感嘆がふくまれていたことはたしかだと思われる。しかしかの女の愛のちょうど裏側に、鏡子の憎しみが裏打ちされていることを知るとき、読者は慄然とするものを感じないだろうか。

規矩男が一郎の影であり、鏡子がかの女の影である以上、規矩男と鏡子に実在感がないのは当然で、この二人とかの女のあいだには、どんなドラマも起こりえない。二人は影にふさわしく、消えていくだけだ。小説の展開は、かの女の規矩男からの逃走でストップし、あとはかの女に宛てた一郎の手紙や、一郎の画業の進展を語るエピソードがつづいている。社会人になった規矩男が黙って一郎のデッサンを買っていく最後のエピソードによって、規矩男は一郎の絵のなかに滑りこみ、一郎と一体化し、影としての役割を終える。

一方鏡子の方は、かの女と規矩男との会話のなかで、ゴーリキーの『母』の話題と入れかわりに消えている。このころの岡本かの子は、息子の思想に次第に共鳴していくゴーリキーの『母』のなかの母親像に、共感していたのかもしれない。

4　息子＝男性賛美

作者は息子の手紙をいくつか引用したあと、前後を一行あけて、次のようなパラグラフを主とする息子＝男性賛美の言葉を書きつけている。それは息子＝男性への賛美であるがゆえに、息子＝男性を生み出した母である自分への賛美に立ち戻ってくるものなのだ。

　母は女で、むす子は男、むす子は男、むす子は男、男、男、男――男だ男だと書いてゐると、其処に頼母しい男性といふ一領土が、むす子であるが為に無条件に自分といふ女性の前に提供された。凡そ女性の前に置かれる他の男性的領土――夫、恋人、友人、それらのどれ一つが母に与へられたむす子程の無条件で厳粛清澄な領土であり得やうか。かの女はそれを何に向つて感謝すべきか。また自分よりも逞しい骨核、強い意志、確乎とした力を備へた男性といふ頼母しい一領土が、偶然にも自分に依つてこの世界に造り出された。その生命の策略の不思議さにも、かの女はつくぐ\うたれて仕舞ふのである。

ここには「男性といふ頼母しい一領土」が、まるで息子によって母に捧げられた植民地のように描き出され、息子を生んだ母親の満足感が踊っている。この手ばなしの息子＝男性賛美は、タイトルとも相まって、『母子叙情』の大きなセールス・ポイントをなしていたと思う。岡本かの子はなぜこのような男性賛美を書かなければならなかったのだろうか。『母子叙情』に彼女の本来のテーマやモチーフと並んで、終わりの方に過剰なほどの息子＝男性賛美が見られるのは、なぜだろうか。

　岡本かの子はエッセイ「オペラの辻」（『婦人サロン』一九三二（昭和七）年五月号）でも、『母子叙情』と共通する子別れのテーマを書いているが、そこでは息子は「子ども」「こども」「子」「太郎さん」あるいは「太郎」とだけ書かれていて、「息子」「男」「男性」の語は一つもない。息子＝男性賛美は『母子叙情』においてはじめて現れるのである。

　岡本かの子はすんなりと文壇に出た作家ではない。夫岡本一平の支援にもかかわらず、いやしばしばそれが裏目にも出て、作品を文芸雑誌に載せるまでには長いあいだ苦労している。文壇へのデビュー作『鶴は病みき』で、自殺した芥川龍之介をいくらか批判的に書いたため賛否両論の批評にさらされた彼女は、第二作ではもっとしっかりと男性批評家たちの心をつかむ必要があった。『母子叙情』の終わりの方に見られる過剰なほどの男性賛美は、男性社会である文壇への通行証を得るためにかの子の仕かけた〝罠〟あるいは〝餌〟ともいえる戦術ではなかっただろうか。そしてこの餌は大きな獲物を釣り上げた。一平の表現によれば、かの子はこの作品によって「文壇に特等席を与へられた」のである。

　このような過剰なほどの息子＝男性賛美は、前半の自立できない蔦のイメージによってある程度中和されているものの、これ以後のかの子の作品にもしばしば現れるものであり、のちの戦争協力的発言とともに、かの子の言説の問題点の一つを形づくっている。

母性の闇はこの小説のなかで、その幼児体験の故に女性に恋することができなくなったらしい（とかの女の心配する）一郎の性格と、鏡子の夫への憎しみのなかに体現され、主人公かの女には、主として男性社会に受け入れられやすい母性の光の部分が過剰なほど体現されているように思われる。かの女と一郎との関係は、一郎の成長につれて妹と兄の関係のような様相をも帯びてくるが、全体として『母子叙情』はその題名にふさわしく、かの女の息子へのぬきさしならない愛の物語として、しめくくられている。

しかし母性の闇のなかでももっとも暗い面は、どのようにして解放されることができるのだろうか。岡本かの子が『母子叙情』のなかで一郎と鏡子のなかに対象化して一方はいとおしみ、他方はつき放して描いたこのテーマをもう一度とり上げて正面から立ち向かうのは、遺稿として死の二カ月後に発表された『河明り』においてである。

付記　本書における岡本かの子の作品と評論の引用は、すべて『岡本かの子全集』（冬樹社、一九七四〜一九七七年）によった。ただし旧字体は新字体に改め、ルビは最小限加筆した。

注

（1）　父と子の関係もある絶対性をふくんでいるが、ここでは母と子の関係にテーマをしぼって論を進めたい。

生命《いのち》の河――『母子叙情』から『河明り』へ

1　蔦のシンボル性

『河明り』は一九三八（昭和十三）年の暮に完成し[1]、岡本かの子の死後二カ月経った翌年四月に遺稿として「中央公論」に発表された小説である。『母子叙情』の発表から二年後のことであった。『河明り』は、語り手の「私」が書きつづけている物語の主要人物である娘の性格にもの足りないものがあるため、大川の掘割り沿いの一軒の家に日本座敷を借りて通ううちその家の娘に心をひかれ、その娘と許嫁《いいなずけ》の青年とのあいだのとどこおっていた結婚をとりもつことになる、という話である。表面上は『母子叙情』との関連はなにもないように見える。しかしわたしがこの小説に、『母子叙情』とのつながりを見出すのは、そこに『母子叙情』の一郎青年と類縁関係をもつ木下という青年が登場するからなのだ。そして、この青年をその幼時体験の歪みから解放して結婚に踏み切らせようとすることの小説のテーマに、『母子叙情』の制作モチーフと共通なもの、さらにはその発展を見出すことができると思うのである。

もちろん『河明り』は、『母子叙情』の続編ではない。木下青年は生い立ちも職業も、母親との関係も、なにもかも一郎とはちがっている。また『母子叙情』において、作者が鏡子というかの女の分身的側面をもつ人物までつくり出して隠しながら表現した夫への憎悪と恨みは、『河明り』においてはすでに表面から消えている。そのかわり、岡本かの子は父権制家族のなかでの男の子をめぐる二人の母——生みの母と育ての母——の葛藤に、木下青年の女嫌いの根拠を置いている。

女性との関係も、一郎の場合は「女性の何もかもを呑み込んでゐて、それをいたわる心と、諦め果てた白々しさ」であり、木下の場合は「幼な心に染み込んだ女同志の争い」からくる女性への嫌悪である。しかし二人とも、幼年期における母親との関係とその影響によって女性観に歪みを受け、恋愛や結婚をとどこおらせているという点では、共通点をもっている。

このような制作モチーフの一貫性と発展という観点から見れば、『河明り』は『母子叙情』の続編という意味合いをもっているということができる。少くともそこには一つのモチーフがつらぬいている。それは世俗的にいえば、「息子の恋愛」あるいは「息子の結婚」というモチーフであるが、より深く考えれば、近代の父権制家族のなかで息子がその幼年期に母親（たち）から受けた心的外傷を、どのようにして癒すことができるかというモチーフである。そしてこのモチーフは、『河明り』のなかにくり返される河のシンボル性と、深い関連をもって表現されている。

しかしこの小説の考察にはいる前に、まず、『母子叙情』においてなにが解放され、なにが残されたかという問題を、蔦のシンボル性との関わりで見ていきたいと思う。

『母子叙情』は、春のはげしい風のあとの、茎目《くきめ》立った庭の描写からはじまる。かの女は一足さきに玄関前の庭に出て、主人逸作の出てくるのを待ちうけているところだ。

夕食ごろから静まりかけてゐた春のならひの激しい風は、もう、ぴつたり納まつて、ところ〴〵屑や葉を吹き溜めた箇所だけに、狼藉の痕を残してゐる。十坪程の表庭の草木は、硝子箱の中の標本のやうに、くつきり茎目《くきめ》立つて、一きは明るい日暮れ前の光線に、形を截り出されてゐる。

かの女は「まるで真空のやうな夕方だ」と、夜の九時すぎまでも明るい欧州の夏の夕暮れを思い出すが、表門の方へあゆみ寄ると、門扉の閂《かんぬき》の上にまで這った蔦のつるに、新芽が出ているのを見つける。

門扉は、閂がかけてある。そして、その閂の上までも一面に、蜘蛛手形に蔦の枝が匍つてゐる。扉は全面に陰つてゐるので、今までは判らなかつたが、今かの女が近寄つてみると、ぽち〳〵と紅《べに》色の新芽が、無数に蔦の蔓から生えてゐた。それは爬虫類の掌のやうでもあれば、吹きつけた火の粉のやうでもある。

かの女は「まあ！」といつて、身体は臆してうしろへ退いたが、眼は鋭く見詰め寄つた。微妙なもの等の野性的な集団を見ることは、女の感覚には、気味の悪いところもあつたが、しかし、芽といふものが持つ小さい逞しいいのちは、彼女の愛感を牽いた。

「こんな腐つた髪の毛のやうな蔓からも、やつぱり春になると、ちやんと芽を出すのね」

かの女は、こんな当りまへのことを考へながら、思い切つて指を出し、蔦の小さい芽の一つに触れると、どういふものか、すぐ、むす子のことを連想して、胸にくつくと込み上げる感情が、意識された。

かの女は、潜り門に近い洋館のポーチに片肘を凭せて、そのまゝむす子にかかはる問題を反芻する切ない楽しみに浸り込んだ。


かの女が息子のことを考えるきっかけとなる蔦の芽は、この小説のなかで一貫して息子の生命力のシンボルとして用いられている。春のはげしい風のあとの、狼藉の痕を残した庭の描写の直後に描かれる蔦のつるの「紅色の新芽」は、かの女と逸作夫婦のはげしい矛盾の嵐のさなか、親たちが「まだ親らしい自覚も芽ぐまないうちに親になつて途方にくれて居るなかで、いつか成人して仕舞つたむす子の生命力の強さ」のシンボルとして、表現されているのである。

この冒頭の場面のあと、かの女がバスのなかで見かける少年について、作者は「いのちが芽立ち損じたこども」という表現をしているし、のちにかの女がつきあう規矩男青年についても「規矩男の情熱の赤黒い蔓を感じる」と生まなましく書いている。しかし草木の芽やつる一般ではなく、蔦という特定の植物の芽によって比喩されているのは、一郎の生命力だけである。このことは、なにを意味しているのだろうか。
もちろんそこには一郎の「小さい逞しいいのち」が象徴されているのだが、同時に蔦の芽が「爬虫類の掌のよう」な気味のわるさをもってかの女を臆させていることに、注目したい。かの女がパリのカフェでの一郎を思い出す場面の最後に、次のようなところがある。

感謝のやうな気持がその生命力に向つて起る。だが、その生命力はまた子の成長後かの女の愛欲との応酬にあまり迫つて執拗だ。かの女は、持つて居たフォークの先で、何か執拗なものを追い払ふやうな手つきをした。自分の命の傍に、いつも執拗に佇んで居る複数の影のやうなものを一瞬感じたとき、かの女の現実の眼のなかへいつものむす子の細い鋭い眼が飛び込んで来て、「なにぼんやりしてんの」と薄笑ひした。

ここで作者は執拗という言葉を三度も使って、なにかを隠し、なにかを暗示している。生命力のつよい息子が成長してきたとき、かの女の愛欲とのあいだに矛盾が生じてきた、と受けとれなくもない表現である。母子間の愛欲のことではあるまい。「自分の命の傍に、いつも執拗に佇んで居る複数の影」とは、「複数の男性の影」のことではないのかと考えたときに、蔦の新芽が「小さい逞しいいのち」でありながら「爬虫類の掌のやうな気味の悪さ」をもっていたこと、かの女がフォークの先で「何か執拗なものを追い払ふやうな手つきをした」ことの意味が、おぼろげながら想像されてくる。かの女は一郎のつよい生命力を愛し、感謝すると同時に、息子の成長後は、それを「追い払ふ」必要を、自分の愛欲とのからみで感じていたのではないだろうか。一郎の「女性の何もかもを呑み込んでゐて、それをいたわる心と、諦め果てた白々しさ」は、女性としてのかの女をも見透すような一種の気味のわるさを、かの女に感じさせていたということかもしれない。

もう一つは、蔦のつるが門の門にまで這っているという点である。蔦はつよい生命力をもっているが、なにかにからみつかなければ成長できない植物である。門扉にからまっている蔦は、それ自体家と分離できない。近代家族のなかで、しかも夫のニヒルな放蕩という典型的な状況のもとで形成された母と息子の切っても切れない結びつきを、かの女が息子のために、また自分自身のためにもあえて切りはなしたところに、『母子叙情』のモチーフは成立していた。息子は生命力たくましく生き、日々「男」になっていくが、経済的にはまだ親の仕送りのもとにある。しかも蔦は家のシンボルである門の扉にからみつき、その門の上まで這っている。門扉をあけることを不可能にしているのだ。門のわきには潜《くぐ》り門があるらしく、逸作が「先へ潜り門を出た」と書かれているところをみると、門の門はあけられることはないのだろう。

このことに象徴されるかのように、一郎の幼時体験を形成した家族という閉ざされた世界は作品の最後まで閉ざされたままであり、一郎の女性への「諦め果てた白々しさ」も、最後まで解放される気配はない。かの女の規矩男との関わりも、別れも、遠いパリにいる一郎には直接の影響を及ぼすべくもない。また規矩男には女嫌いが顕著でなく、その点ではかれは一郎の分身の役を果たし得ていない。

『母子叙情』のなかで、かの女は一貫して息子に恋いこがれ、手ばなしで息子を礼賛している。しかしよく読みこんでいくと、作者は蔦の芽のイメージに託して、息子をこれだけ限定し、対象化しているのである。

一方規矩男の父が建てた純英国式住宅にも、蔦が這っている。「赤い煉瓦造りの壁面を蔦蔓がたんねんに這ひ繁つてしまつてゐる」と作者は書き、さらに「建築当初は武蔵野の田畑の青味に対照して、けば〳〵しく見え、それが却つてこの棲家を孤独な淋しい普請のやうにも見させたが、武蔵野の土から生えた蔦が次第にくすみ行く赤煉瓦の壁を取り巻き、平地の草の色をこの棲家の上にも配色すると、大地に根を下ろした大巌のやうに一種の威容を見せて来た」と書いている。

しかしこの家に這い繁る蔦は門扉にはからまっていないようだし、玄関の門は、両方にひらかれる。「正面の石段を登ると、細いバンドのやうに門のついた木扉が両方に開いて、前房《ヴエルチビユル》は薄暗い。」ひらかれる門のイメージは、やがて規矩男がこの家を出て、母親の影響から解き放たれて自立していくことを暗示しているようだ。

ところが蔦の葉は、規矩男の母鏡子の上にも刻印されているのである。鏡子はかの女に挨拶しながら、「かの女の様子をちらりと盗み視した」り、「始終七分身の態度で、款待《もてな》しつゞけ、決してかの女の正面に面と向き合はない」女として描かれているが、その長身の身体に目立たぬように着こなされているのが、「蔦の葉の単衣」なのである。それ以上このことについてはなにも書かれていないが、蔦の葉の模様は、夫の死後もなお彼女をとらえている父権的な家制度、あるいは閉ざされた家族のシンボルとして、鏡子を封印しているのである。

このように『母子叙情』における蔦のイメージは、父・母・息子から成る閉ざされた近代家族のシンボルとして用いられているのだが、その意味で、蔦の新芽に象徴される一郎の生命力はまだ家族の支えを必要としているし、その心の内部もまた、家族のなかで受けた傷から解放されていない。この精神的外傷をどのようにして解き放つかということが、『河明り』のモチーフの一つになっていくのである。

なおこの蔦は日本にも自生している和蔦《わづた》といわれる蔦の種類だが、これを洋館や塀にからませるのは近代になって西洋からはいってきた習慣であり、その意味でも父・母・息子を典型とする近代の小家族と対応している。

ところで、『河明り』において、「私」が大川の掘割り沿いに見つけ出した家にも蔦が這っている。その家は「琺瑯質の壁に蔦の蔓が張りついてゐる三階建ての、多少住み古した跡はあるが、間に合わせ建てではない」と書かれていて、この家もまた家族の解きがたい葛藤にからみつかれた家だということを暗示している。しかし『河明り』のなかで、蔦のイメージはそれきり消えてしまう。この小説の主なシンボルはあくまでも河であり、河は娘のシンボルとして、蔦のからんだ家の深層を押しひらき、押し流すものとして現れてくるのである。

さて、ここで『河明り』に戻り、河のシンボル性との関係でこの小説について考えてみよう。

2　海からの呼び声

はじめに木下青年について少し触れたが、『河明り』のなかでかれが読者の前に姿を現すのは最後の五分の一あたりからにすぎない。この小説は、「私」の部屋探しと娘との出会いにはじまり、一時娘の父親も顔を出すが、半ばすぎまでのページは二人の女性が次第に信頼感と親密さを増していき、娘が自分の恋の悩みを「私」に打ちあけるようになる過程のために費やされている。

「私が、いま書き続けてゐる物語の中の主要人物の娘の性格に、何か物足りないものがあるので、これはいつそのこと環境を移して、雰囲気でも変へたらと思ひつくと、大川の満ち干《ひ》がひた〳〵と窓近く感じられる河沿ひの家を、私の心は頻りに望んで来るのであつた」という書き出しで、「私」は家探しの事情をやや唐突に語りはじめる。

「私」は、「自然の観照の中からひよつとしたら、物語の中の物足らぬ娘の性格を見出す新な情熱が生れて来るかも知れない――その河沿ひの家で――」と考え、両国橋あたりから下流の大川沿いの河岸を万遍なく歩きまわり、さらには大川から水を引いた掘割りの方まで足をのばす。すると、二カ月半ほど経ったとき、初冬の底明るい光のなかに、一軒の家が見つかるのだ。「初冬に入つて間もないあたたかい日で、照るともなく照る底明るい光線のためかも知れない、この一画だけ都会の麻卑が除かれてゐて、しかもその冴え方は生々しくはなかつた」と表現されているこの光の描写は、『河明り』のタイトルのもとになっていると思われるが、この河明りの下に見出された家のなかから、「私」が求めている不在の登場人物の身がわりのように現れる娘は、水源を想い、海をしたう娘として、河というものの性格を深く刻印されて形象化されている。

これにたいして、木下はいわば海の男である。「私」が部屋を借りることにした翌日、かれは「強情に貿易のことを主張する男」、「始終船に乗つて海上に勤め」ている店のものの一人として、娘によって説明される。「その男の水の上の好きなことと申しましたら、まるで海亀か獺のやうな男でございます。陸へ上つて一日もするともう頭が痛くなると申すのでございます」と娘はいう。

河の娘と海の男——。この小説は、この二人の男女がどのようにして結ばれるかという物語だといってもいい。のちにのべるように海も単純ではないが、河には水源があり、河口がある。矛盾したものを同時に抱えている存在なのである。

この娘は男性社会で若く美しい女が生きるために身につける、自分で自分の美しさを意識して演技する二重性や、女同士の瞬時の探りあいや値ぶみのいやらしさをまったくもたない娘である。それが「私」を気やすくさせる。しかし彼女には別の矛盾があって、「私」は次の日にそれをこう意識している。

> 爛漫と咲き溢れてゐる花の華麗。
> 竹を割つた中身があまりに洞《うつろ》すぎる寂しさ。

こんな二つの矛盾を、一人の娘が備へてゐることが、私の気になつて来たし、この娘の快活の中に心がかりであるらしいその店員との関係も、考へられた。

「私」は毎日その部屋に通ってくるが、彼女が書いている物語の娘の性格については、なんのひらめきも射しこんでこない。河は彼女が考えていたような「自然」ではなく、「河は私の思つたほど、静かなものではなかつた」のだ。「却つてだん〳〵川にも陸の上と同じやうな事務生活の延長したものが見出されて来る」ようになり、彼女は河よりも背後の家の娘に心を惹かれるようになる。

何といふ不思議なこの家の娘であらう。この娘にも一光閃も、一陰翳もない。たゞ寂しいと云へばあまりに爛漫として美しく咲き乱れ、そして、ぴし〳〵と働いてゐる。それがどういふ目的のために何の情熱からといふこともなく快活そのものが働くことを藉りて、時間と空間を鋏み刻んで行くとしか思へない。内にも外にも虚白なものの感じられるのを、却つて同じ女としての私が無関心でゐられる筈がなかつた。

「私」を惹きつけるのはたんに娘の美しさではなく、爛漫とした美しさと男のなかに立ち混って働く活動性、しかもその快活さのなかに、「内にも外にも虚白なもの」が感じられるという、矛盾した姿なのだ。

その後、女中のやまや三人の芸妓たちのエピソードのあと、「私」は三、四日その部屋へ行くのを休んで、いっそ旅に出ようかと考えながら、旅先で見たあちこちの旅の情景を思い出している。「折角自然から感得したいと思ふものを、娘やそのほか妙なことからの影響で、妨げられるのが、何か不服に思へて来たからである。」しかし旅に出ることも思いとどまって、彼女はさらに四、五日の時をすごす。この時期は、「私」にとっての河が現実のものとしては一度死に、過去に見たさまざまな河の記憶として潜在化し、ふたたび娘のなかによみがえってくるまでの潜伏期ということができるだろう。次に「私」の前に現れるとき、娘ははっきりと河の娘としての性格を表してくる。彼女は「私」に、東京の川についての素人ばなれした知識を披露するのだ。

さらにそのあとの雪の日、河は「私」の前に、これまでとはちがった姿を見せることになる。そして河の変貌につれて、娘もまた河の娘としての真実を現してくるのである。

雪の降る堀河と船のようすを描写したあと、作者は書く。

> そして、私が心を奪はれたのは、いよ〳〵、さういふ現象的の部分部分ではなかつた。ふだんの繁劇な都会の濠川の人為的生活が、雪といふ天然の威力に押へつけられ、逼塞した隙間から、ふだんは聞取れない人間の哀切な囁きがかすかに漏れるのを感ずるからであつた。そして、これは都会の人間から永劫に直接具体的には聞き得ず、かういふ偶々の場合、かういふ自然現象の際に於て、都会に住む人間の底に潜んだ嘆きの総意として、聴かれるのであつた。この意味に於て、眼

の前見渡す雪は、私が曾て地所の諸方で見たものと違つて、やはり、東京の濠川の雪景色であつた。

「私」にとってはあまりにも人為的に見えた河が、雪という自然の威力によって、別のものを現してきたのである。このあたりでようやく、「私」にとっての河が表層の人為的性格をこえて都会に住む人間の底に潜むもの――深層――への通路となり、「私」に、娘の嘆きに耳をかたむける心の準備、あるいは資格ができたと考えることができる。河は都会に住む人間と同じように、その底に潜むものを感じとる心の準備をもつ者にしか、その真実を明かすことはない。河に生まれ、河に生きる河の娘としての娘も、まさにそのような存在である。彼女はその翌日、「私」を三階にある自分の特別の部屋に招じ入れて、三年前にこしらえた豪華な花嫁衣装を見せ、さらに河岸を歩きながら、その心の深層を打ち明けるのだ。

娘は、「海にばかりゐる若い店員のつきとめられない心を追つて暮らす寂しさに堪へ兼ね」て、ふと淡い恋にさそわれたことがあった。その相手は、彼女の学校への往き来の、江戸川べりの旧神田川の流域を実施調査していた土俗地理学者の若い紳士であった。彼女はその青年と知りあい、東京の川の地理や歴史を学ぶことによって、東京に生まれ育った自分が「いかに東京の土と水に染みてゐるかを学問的に解明され」ていく。彼女はその若い学者の調査を手伝うようになるが、この経験は、河の娘が河の男と出会い、河を知ることによって、自分自身をより深く知ることになる経験だったということとができる。

東京の西北方から勢を起しながら、山の手の高台に阻まれ、北上し東行し、まるで反対の方へ押し遣られるやうな迂曲の道を辿りながら、しかもその間に頼りない細流を引取り育み、強力な流れはそれを馴致し、より強力で偉大な川には潔く没我合轢して、南の海に入る初志を遂げる。

やがて娘はその若い学者から結婚を申し込まれ、父親も乗り気になったため、「気心の判らぬ」若い店員との婚約は解消して、婚礼の仕度が進んでいく。

だが、ある夜遅くあの部屋へ入つて、結婚衣裳を調べてゐて、ふと、上げ潮に鷗の鳴く声を聴いたら、娘は芝居の幕が閉ぢたやうに、若い学者との結婚が馬鹿らしくなつた。陸へ上つて来ない若い店員が心の底から恋はれた。茫漠とした海の男への繋りをいかにもはつきりと娘は自分の心に感じた。

「上げ潮に鷗の鳴く声」とは、海からの呼び声である。娘はいわば「学問の好奇心で」若い学者に惹かれたのだが、彼女のより深い心は、自分とは異質な海の男に惹かれつづけていたのだった。彼女が河の男と知りあい、河について知ったことは、自らのうちの「海の男への繋り」にあらためて気づき、「南の海に入る初志を遂げ」たいという欲望をはっきり自覚することへとつながっていったように見える。彼女は父親に頼んで、学者との婚約を解消してもらう。

しかし娘が久しぶりで陸に上がってきた店員に、「どうしたら、私はあなたに気に入るんでせう」と聞いても、かれは「どうか、あなたが今よりも女臭くならないやうに……」というばかりで、しかも「その語調のなかには切実な希求が感じられた」と娘は「私」に、眼に涙さえうかべて話すのだった。それまでの「私」は、娘の老父から娘のことを頼まれても、娘の悩みを察しても、適当に言葉を濁していたのだが、ついにいくらか自棄気味になり、「……そんなこと云つて、その人が陸へ寄りつかないなら、こつちから私があなたを連れて、その人の寄る船つきへ尋ねて行き、の、つ、ぴ、き、させず、お話をつけやうぢやありませんか」と、この結婚の仲に立つために身を乗り出してしまうのである。

3　シンガポールで

小説の後半、舞台はシンガポールへ移る。『母子叙情』の季節が終始晩春から初夏に設定されていたのにたいして、『河明り』の季節は初冬から三月のはじめに設定されている。しかしこのシンガポールの場面だけは例外で、むせるような常夏の炎天下である。この点からいっても、この場面は異質な場面だといえる。

しかし熱帯はすでに、「私」の部屋に娘がもってくる「南洋風の焼物」の果物鉢や、そのなかにはいっている「南洋産の竜眼肉」に姿を現している。とりわけ娘の老父が「私」を招待する茶室と温室は、熱帯づくめの場所といっていい。四畳半の茶室の「床柱は椰子材を磨いたものだし、床縁や炉縁も熱帯材らしいものが使つてあつた。」温室には「水気の多い温気が、身体を擡げるやうに籠つて来る」し、「蘭科の花の匂ひが、閉《た》て切つてあるこゝまで匂つて来る。」話の内容は河のことなのだが、周囲には熱帯の気配が立ちこめているのだ。擬似的な熱帯といってもいい。熱帯は娘が愛している〈海の男〉木下のいるところなのだ。

さらに熱帯の海中を思わせるのは、「しんも根《こん》も尽き果て、人前ばかりでなく自分自身に対しての、張気も装ひも投げ捨てゝ、投げ捨てるものもなくなつた底から息を吸ひ上げて来やうとする、時折の娘の命の休息所なのではあるまいか」と「私」が推測する、二階の部屋の描写である。熱帯の海は爪哇《ジャバ》更紗のカーテンで仕切られ、豪華な婚礼衣裳をひろげたこの密屋にみなぎっているのだ。娘は近所の人たちから「亀島河岸のモダン乙姫」と呼ばれていたが、ここは乙姫様の住む海中の竜宮城といってもいい。

東の河面に向くバルコニーの硝子扉から、陽が差込んで、まだつけたままのシャンデリヤの灯影をサフラン色に透き返させ、その光線が染色液体のやうに部屋中一ぱい漲り溢れてゐる。床と云はず、四方の壁と云はず、あらゆる反物の布地の上に、染めと織りと繍いと箔と絵羽との模様が、揺れ漂ひ、濤のやうに飛沫を散らして逆巻き亘つてゐる。

娘はかつてこの部屋で海からの呼び声を聞いて地質学者との婚約を破棄したのだが、「私」をここに案内した日、娘は「私」にはげまされて〈海の男〉のもとへと急ぐことになる。

次第に明らかになることだが、この小説のなかで海はけっして自然そのままの姿で描かれることはなく、きわめて限定された範囲と意図をもって描かれている。この場面での海は、河の娘の深層にひそむ海の男への情熱を表す海であろう。作者がシンガポールへの船旅について一切書かなかったのは、海のイメージを限定する意図からだったと思われる。

さてシンガポールで、河の流れはついに「南の海に入る初志を遂げ」ようとしているのだろうか。しかし海の男木下がなかなか登場しないように、海の描写もすぐには現れない。ラフルズ・ホテルのベランダの籐椅子から見える椰子の葉の繁みが、「その影の部分だけの海の色を涼しいものにしている」と書かれているだけだ。舞台がシンガポールに移ってからも、作者は河に固執し、河を描きつづける。

シンガポールには「私」の知人で元詩人の邦字雑誌の社長が待ち受けていて、二人を歓待してくれる。この人は、「どこか南洋の孤島を見付けて、理想的な詩の国を建設する」という志を、いつか知識や準備の切り売りにかえて今日に至っている人物である。旅に出てから娘はまったく「私」に寄りかかるようになり、二人の親しさは増していくのだが、「私」が娘の母親がわりになっていくとすれば、この詩人社長は次第に木下の父親がわりになっていく存在だといえるだろう。そして「私」にシンガポール行きを熱心にすすめた国際経験のある叔母は、「私」の母親がわりの存在である。

わたしたちはここで、娘がついに河べりの蔦のからんだ家をはなれ、父親からもはなれて、「私」とのあいだに代理の母娘の関係を形成しながら、やはり代理の父をもった海の男木下との出会いに向かおうとしているのを見ることができる。さまざまなしがらみにからみつかれた「家」は、家族は、解体されようとしているのだろうか。

木下の乗りくんでいる船が入港するまでの三日ほどのあいだ、一行はシンガポールを見物することになる。「私」はまず社長に注文して、この市を流れている川の橋々を車で渡ってもらう。その翌日ジョホール海峡を渡ったときも、「私」は海については「水が見える」という程度の関心しか示さず、それに反してゴム園での河遊びは楽しげに描かれている。

一行は岬のそばの料亭に上がる。ここは「海の匂ひと酒の匂ひ」がし、「私」は「海の景色に眼を慰めてゐ」るが、「心はまだしきりに、今朝ジョホール河の枝川の一つで、銃声に驚いて見張つた私たちの瞳孔に映つた原始林の厳《おごそか》さと純粋さを想い起してゐ」る。語り手の海への禁欲は、その直後に木下が現れたあともつづくほど、徹底したものだ。

ここで、いよいよ木下が登場する。読者にはすでに感じられていることだが、木下はけっして娘を愛していないのではない。東京から出した、「私」が仲に立つという手紙にも、かれは「案外喜んだ承諾の返事」をよこしたし、ここで娘の感動に接したかれの反応も、優しいものだ。「私」は娘の想いが成就することを直観し、「娘と男から離れて、独取り残された気持ち」になる。

夕方近くなって、男は「お話もありますから」と、「私」を椰子林の砂浜に散歩にさそう。ここでようやく「私」は海と向きあうが、まだ海の描写といえるものはほとんどない。描かれているのは、男の言葉のほかには海に落ちた影と、雲ばかりだ。男はここでようやく「僕と許婚も同様なあれと僕との間柄を、なぜ僕がいろいろと迷って来たか、なぜ時には突き放そうとまでしたか、この理由」を、自分の出生にまでさかのぼって語りはじめる。

男は、捨て子であった。一石橋のたもとにある「迷子のしるべの石」のところに捨てられていたのを、子のない堺屋の夫婦が引きとって育てたのだった。ところがこの子が五歳になったとき、近所で女中をしていた女が子どもの母だと名のり出た。彼女は前非を悔いたので、堺屋ではこの母も引きとり、家政婦のようにして使うことになった。

この女と堺屋の妻、木下にとっては生みの母と育ての母――この二人の母の、子どもを自分のものにしようとする葛藤が並たいていのものではなく、そのためかれは、「僕は物心ついてから、女のこの激しい争ひに、ほと〳〵神経を使ひ枯らし、僕の知る人生はただ醜い暗いものばかりでした」というような状態になってしまう。

この二人の女のあいだには、育ての親と生みの親ということ以外にも、さまざまな差異や格差が存在している。まず現在の地位や経済力からいえば、一方は堺屋の女主人《おかみ》で、傭い主の立場にある。他方は温情でおいてもらっている傭い人にすぎない。しかし身分からいえば、生みの母の方は、没落したとはいえ近県の豪農の家の出で、内心では堺屋を「素町人の家」とさげすんでいる。

そこにはまた、堺屋のあととりという問題と、主人の愛をめぐる確執も、潜在している。「僕を自分ばかりの子にして仕舞ひたかつた気持ちには、自分に男の子がないため、ぜひ欲しいという量見以外に、堺屋の父親が僕をとても愛してゐるので、そこから牽ひて、僕の生みの母親をも愛しはしないかといふ心配も幾らかあつたらしいのです」と木下はいう。ここには、男のあとつぎを生むことに最大の価値をおく父権制家族のなかでの妻の地位の弱さ、不安定さがよく表れている。あととりを生まない女は生んだ女にたいして、夫の愛情の面でも不安を感じなければならないのだ。このことは堺屋の主人の気持ちとは一応関係なく、妻の側に生じる構造的な不安であり、心配なのである。

生みの母には、生みの母であるという強味があったわけだが、「生憎なことに、木下は生みの母より、堺屋の妻の方が多少好きであつた。」堺屋の妻は強情一徹だが、まださっぱりしたところがあって、相手の女を追い出そうとするやり方も単純なものだったが、生みの母の方はかき餅のエピソードにも示されるように「なかなか手のある女」で、「何でも下へ下へと掻ひ潜つて、子供の心を握つて自分に引き付けやうとするこの母親の術には、実に参りました」と木下にいわせることになる。誇りと屈辱感がないまぜになって、彼女は堺屋の妻よりはるかに屈折している。しかし堺屋の妻が女の子を生んだあと、ゆくゆくは娘と木下を結婚させてほしいと遺言して死ぬと、生みの母の方も「喧嘩相手の無くなつたことに何となく力抜けのした具合ひで」、それから四年目には亡くなってしまった。

二人の母のみにくい確執によって女を見る目をひがませられてしまった木下は、娘にたいしても自然にふるまえない。女性を信じることができず、女性への「感情の出口に蓋《ふた》をする」くせがついてしまっているのだ。学問の世界にはいれば「女の持つ技巧や歪曲の世界から脱れ」られるかと思い、上の学校へ上げてもらうが、青年になると自分の矛盾に耐えられなくなり、二十一歳のときに高等学校をやめて船に乗りこんでしまう。

かれを救ったのは、南洋の海であった。かれは「こゝには竜宮といふものがあつて、陸上で生命が屈托するときに、しばらく生命はこゝに匿れて時期を待つのだ」というむかしの印度の哲学詩人たちの思想を語り、東洋の哲学の研究者でもある「私」に、人間性を積極的に是認した大乗仏教の経典などには、その竜宮に匿れていたのをとり出してきたという伝説がつきものになっているという話をする。

インド初期の大乗仏教の論師龍樹にまつわる伝説に、若き龍樹が自らの才に慢心していたとき大龍菩薩がこれを哀んでかれを竜宮に導き宝蔵に秘められていた大乗仏教の経典を読ませた、というものがある。かの子は龍樹の伝記を鳩摩羅什が中国語に訳した『龍樹菩薩伝』のなかの逸話を想定していると思われる。(2)「亀島河岸のモダン乙姫」と呼ばれている娘、「亀島」の地名に現れる亀、竜宮に秘蔵されていた大乗仏教――浦島伝説に仮託されたこれらすべては、木下の旅の真の目的と救済の在りかを示している。そしてのちにのべるように、おそらくその恋の結末をも。

木下が南洋の海について語る場面で、作者はようやく海を正面から描写する。それは木下の、「こゝへ来ると、生命の外殻の観念的なものが取れて、浪漫性の美と匂ひをつけ、人間の嗜味に好もしい姿となつて、再び立ち上つて来る」という言葉に対応しているのだが、河、とくに日本の河の描写には見られなかった浪漫性があり、見事ではあるが人工的な感じをあたえることも否定できない。またそこにははっきりと「毒」という言葉が書きこまれている。

遠い水は瑠璃色にのして、表面はにこ毛が密生してゐるやうに白つぽくさへ見える。近くに寄せる浪のうねりは琅玕《ろうかん》の練りもの、やうに、悠揚と伸び上つて来ては、そこで青葉の丘のやうなポーズをしばらく取り、容易には崩れない。浪間と浪の陰に当るところは、金砂を混ぜた緑礬液のやうに、毒と思へるほど濃く凝つて、しかもきら〳〵と陽光を漉き込んでゐる。片帆の力を借りながら、テンポの正規的な汽罐の音を響かせて、木下の乗る三千噸の船はこの何とも知れない広大な一鉢の水の上を、無窮に浮き進んで行く。舳の斜の行手に浪から立ち騰つて、ホースの雨のやうに、飛魚の群が虹のやうな色彩に閃めいて、繰り返し〳〵海へ注ぎ落ちる。

木下は海にいるうちに、「いつの間にか、娘のことを考へれば、何となく微笑が泛べられるやうに悠揚とした気になつて」くる。かれのなかの女嫌いの原因になるものは、「胸の片隅の方に押し片付けられて、たいして邪魔にもならなくなつて来た」のだった。ちょうどそういうときに、かれは「私」からの手紙を受けとったのだった。

4 「海の男」の裏切り

木下が母たちから受けた歪みは南洋の海が隠しもっていた人間性肯定の大乗仏教の思想によって癒されたのだが、このことは『母子叙情』における規矩男青年が、かの女と交わした無についての思想的会話をきっかけとして、自分の生きる道を見出していったことと対応している。規矩男はシェストフに代表される「否定」の上に立った西洋的な虚無と、「自然よりずつと冷い」東洋人の虚無とのあいだで悩んでいるが、それにたいしてかの女は大乗哲学の「空」や「無」を主張する。「あなたの云ふそれは、東洋の老荘思想の虚無よ。大乗哲学でいう『空』とか『無』とかはまるで違ふのよ。あらゆるものを認めてそれを一たん無の価値にまで返し、其処から自由性を引き出す流通無碍なものといふことなのよ。それこそ素晴しく潤達に其処からすべての生命が輝き出すといふことなの。ところが青年といふものは、とかく否定好きなものなのよ。肯定は古くて否定は何か新鮮なやうに思ふのね」とかの女はいう。

ここには岡本かの子が大乗仏教の「空」の考え方から受けとった肯定的なものが表れている。「空」は虚無ではなく、空を観ずることは真実の価値の発見である故に真空のままに「妙有《みょうゆう》」であるとする「真空妙有」の思想といえるだろう。かの子自身の言葉によれば、「執着せぬとか、こだはらぬとか或は自由さ」ということになる（「智慧のおしへ」『総合仏教講話』所収）。

規矩男の虚無論は、そのあとの武蔵野の午後の散歩の途中で次第に意味不明になっていき、お互いに異性の肉体を意識した二人はその日をかぎりとして別れてしまうのだが、四、五年後、小説の最後で、一郎のデッサンを買った自分の後姿をかの女に見られたことを知った規矩男は、手紙を書く。

僕はあなたが仰言つた『無』それ自身充足する積極的ないのちのあるといふことが気になり、これを研究立証してみたくて、普通なら哲学でせうが現代の諸事情も参酌して、純粋科学理論の物理学を選びました。あなたにお訣れしたあの年の秋東北大学の理科に入り、今では研究室の助手をしてゐます。（略）僕は、三年前に母を失ひましたことをお知らせいたします。それからこれは余事ですが、僕はあの頃お話した許嫁とは、僕の意志から結婚しませんでした。そして今も独身です。

大乗哲学は、孤独ではあっても自由な研究生活を規矩男にもたらすことになったのだが、木下に解放への道をさし示したのは大乗の思想だけではなく、その思想を隠しもっていた海である。浪漫的な美に染められてはいても、海、そしてなによりも海に流れ入る河を導き入れたところに、『河明り』が『母子叙情』の充分には解放しきれなかった幼年期の母による加害を、より大きなスケールで解放する可能性を示した理由があったように思う。『母子叙情』の主要人物たちはなおも蔦の這う家と家族のなかに閉ざされていたが、『河明り』における河は、娘の生命《いのち》と存在のシンボルとして、家族という小さな世界を押しひらき、押し流し、人が孤独を求めて上流にさかのぼり、また下流に流れ下って海に流れ入る初志をつらぬくことを可能にする。ここでは人間関係もすでに父・母・子の近代家族をはなれ、若い主人公たちは代理の母・代理の父を得て広い世界にとび立っていく。岡本かの子の『母子叙情』以来のモチーフである家族の深層における母と子の疎外は、父権制家族そのものを解体し、思想の力ばかりでなく、人間生活そのものを成り立たせている自然の力を借りなければ解放しえないことを、この小説は暗示しているように思われる。

しかし木下の海による解放は、本物だったのだろうか。また『河明り』に自然としての海が描かれていないということは、なにを意味するのだろうか。わたしたちはさらに、この二つの作品における男性賛美について考えなければならない。

『母子叙情』においても、手ばなしの男性賛美は印象的だった。それは息子への賛美であり、それ故に、息子を生み出した母である自分への賛美にも立ち戻ってくるものだった。

『河明り』において、木下は読者の前に登場してから「私」と二人で話す場面の終わりまで、娘を判断する特権的な地位を与えられている。娘はシンガポールにきてからも、「私」の眼に矛盾した不思議な姿を見せているが、木下が登場した際の感動の場面以後は、ほとんど姿を消してしまう。それ以後は木下が描き出し、語り、判断する娘の姿があるばかりであり、それはわたしたちが知っている娘の姿——一人の女として愛し、悩み、行動する自主的な姿とは微妙に、しかしはっきりちがっている。

娘は何も知らずに、木下がやさしい性情が好きなのだと思ひ取つては、そのやうにならうと試み、木下がさつぱりした性格を好むと思ひ取つては、男のやうになつて働きもした。木下は迷つてすることだが、娘はたゞ懸命につき従はふと心を砕いた。

「結局あの娘の持ち前の性格をくた〳〵に突き崩して、匂ひのないたゞ美しい造花のやうにしてしまつたのは、僕の無言の折檻にあるのでせう。それとも女といふものは、絆のある男なら誰に対しても遂にさうなる運命の生物なのでせうか」

前半はある程度当たっているとしても、後半のカギ括弧のなかは、これまで読者の前に描かれてきた娘の生きた人間像とは明らかにちがっている。娘はこの小説のなかで、「匂ひのないたゞ美しい造花」のようには、けっして描かれていない。そればかりでなく、木下は「なぜ娘さんにその気持ちの径路を早く云つて聞かさない」のかという「私」の問いに答えて、次のように語るのである。

だん〳〵判つて来たのだが元来あの娘には、さういつた女臭いところが比較的少ない。都会の始終刺激に曝されてゐる下町の女の中には、時々あゝいふ女の性格がある。だが若しそんな話をして、いくらかでも、却つて母親達のやうな女臭さをあの女に植えつけは仕ないだろうか、今はあんな娘であるにしても根が女のことだから、今は聞き流してゐても、それを潜在意識に貯へて、いつ同じ女の根性になつて来ないものでも無い……そんな怖れからこれは娘には一切聞かせずに、いつそのことお世話序にあなたにだけ聞いて頂かうと思つた。世の中の男のなかにはかういふ悩みを持つものもあるものだと、了解して頂き度い……

これも娘の自主性をまったく無視した意見である。この青年は、これから結婚しようとする女性を一人前の女性としてではなく、小さな子どものように考えているのだ。しかもこの男の意見につづけて、「私」は、「と男の口調や態度には律儀ななかに頼母しい才気が閃くのだつた」とお墨付まで与えている。日本へ帰ってきたあとの「私」の述懐にも、まるで新しい家父長に娘を托したものわかりのいい仲人役のような安堵が感じられる。

二人を旅行に旅立たせたあと、この結婚話への「私」のかかわりは、これで終わる。木下という男は、自分の母親たちの影響からは南洋の海が隠しもっていた大乗の思想によって解放されたかもしれないが、かれの女性観はまだまったく幼く、娘を「無垢《むく》な、か弱いもの」とか、「匂いのないたゞ美しい造花」などとしか見ることができないのだ。それを「私」は、「律儀ななかに頼もしい才気」などとほめ賛えるのである。木下という男は、ほんとうに海の男というにふさわしい青年なのだろうか。

『母子叙情』のなかの蔦の芽の場面を思い出してみよう。息子の生命力を蔦の芽によって象徴したことは、それが家や家庭にまつわらなければ生きていけない存在であることを同時に表していた。小説の終わりの部分における息子＝男性賛美は、この蔦の芽のシンボルによって、あらかじめ中和されていると考えられる。

『河明り』の場合はどうだろうか。わたしが注目するのは、男が海からではなく釣堀の方から、釣竿を手にして近寄ってくるところだ。

小座敷から斜に距て、、木柵の内側の床を四角に切り抜いて、そこにも小さな生洲がある。遊客の慰みに釣をすることも出来るやうになつてゐる。

いま、その釣堀から離れて、家屋の方へ近寄つて来る、釣竿を手にした若い逞ましい男が、娘の瞳の対象になつてゐる。白いノーネクタイのシヤツを着て、パナマ帽を冠つたその男も気がついたらしく、そのがつしりした顔にや、苦み走つた微笑を泛べながら、寛るやかに足を運んで来た。

木下は、なぜ海の男にふさわしく海の方からやってこないで、遊客の慰み用の釣堀の方から、釣竿などを手にして娘に近づいてきたのだろう。しかもそれに気づいた娘の反応は、人間的な感動というよりまるで電気ショックを受けた人のように、あるいは釣り上げられた魚のように、不自然だ。

ふだん長い睫毛をかむつて煙つてゐる彼女の眼は、切れ目一ぱいに裂け拡がり、白眼の中央に取り残された瞳は、異常なシヨツクで凝つたま、、ぴり〳〵顫動してゐた。口も眼のやうに竪に開いてゐた。小鼻も喘いで膨らみ、濃い眉と眉の間の肉を冠る皮膚が、しきりに隆まり歪められ、彼女に堪へ切れないほどの感情が、心内に相衝撃するもののやうに見えた。二三度、陣痛のやうにうねりの慄えが強く、彼女の指先から私の肩の肉に噛み込まれ、同時に、彼女から放射する電気のやうなものを私は感じた。私は彼女が気が狂つたのではないかと、怖れながら肩の痛さに堪へて、彼女の気色を窺つた。自分でも気がつくくらい、私の唇も慄へてゐた。

ここばかりではない。娘の初登場の場面の、「頬の豊かな面長の顔で、それに相応しい目鼻立ちは捌けてついてゐるが、いづれもしたゝかに露を帯びてゐた。身丈も恰幅のよい長身だが滞なく撓《しな》つた」という描写を重ねあわせると、作者が最初からこの娘を魚として描いていることがわかってくる。「したたかに露を帯びてゐた」を読者は比喩として読むが、表現は比喩ではなく断言である。しかもその服装は、「身なりは別に普通の年頃の娘と違つてゐないが、ぢかに身につけてゐるものに、茶絹で慥《ママ》らへて、手首まで覆つてゐる肌襦衣のやうなものだの、脛にぴつちりついてゐる裾裏と共色の股引を穿いてゐる」という異様なものだ。魚の肌色を思わせるではないか。

わたしたちはここで、岡本かの子における魚のイメージの重要性に思いあたる。女性のメタファである魚あるいは水中生物は、かの子のシンボル体系の中心に位置するものであり、家父長を寓意する釣師と魚とのたたかいが、彼女の小説の基本的なドラマツルギーなのである。かの子がこのメタファを使いはじめたのは、最初の発表作『鶴は病みき』の四カ月後、一九三六年九月に発表された『渾沌未分』からであった。

さて男が席について「私」と社長に挨拶すると、「娘は座席に坐り直して、ちよつとハンケチで眼を押へたが、もうそのときは何となく笑つてゐる。」この急激な変化も、不自然だ。規矩男はいう。

釣堀……釣……。『母子叙情』のなかの、規矩男の父春日越後の最晩年の姿を思い出してほしい。

父は死ぬ間際は、書斎の窓の外に掘った池へ、書斎の中から釣竿を差し出して、憂鬱な顔をして鮒や鮠《はえ》を一日ぢゆう釣つてゐましたよ。関節炎で動けなくなつてゐました。

「人生の本もの」の味わいを味わおうとしながら、妻もその生活設計の道具立ての一つとして組みこみ、偏屈にぼけていく老いた家父長。その死ぬ間際の老人の手にあったのと同じ釣竿が、木下青年の手にもある……。しかもかれが強情に主張して従事している「貿易」とは漁業関係の貿易らしく、南洋各地から届く注文の電報や外文には「卸し庖丁大小」などというローマ字が記されている。木下の本質は釣り人なのだ。

岡本かの子は木下が第二の春日越後になりうる存在だということを、はっきり意識して書いているのである。若き家父長、あるいはその候補者である。したがって木下の登場する場面は、幼時の回想をのぞいて、すべてパロディとして読むべきであろう。「私」のあからさまな男性賛美は、岡本かの子の男性社会向けのパフォーマンス（演技）なのである。

なおかの子が未完のままのこした長篇『生々流転』においても、部屋のなかから長い釣竿を出して糸をたらしている老家父長豊島蝶造の姿が、娘の目を通して描かれている。「痩せて肩が尖つてゐる中老人です。部屋中にゐながら長い釣竿を出して小さい池に向つて、立膝をして綸《いと》を垂らしてゐます。手も竿もぶる〳〵慄へてゐます」と。

こうして見てくると、先に引用した海の描写をもう一度読み直してみたくなる。それはたとえば雪の日の河の描写にくらべて、あまりにもつくりものめいて描かれているのではないだろうか。そこには自然のもつ大きな威厳がない。一方「私」は、当時大英帝国の支配下にあったシンガポールの人びとの現実を、旅行者の目ではあっても、正確に見ぬいている。「私」の期待を裏切って、シンガポールは「あわれに物凄い」現実をつきつけてくるのだ(3)。

私たちはたゞ南洋らしい景色と人間とを待ち望んだ。しかし、道で道路工事をしてゐる人々や、日除け付きの牛車を曳いてゐる人々が、どこの種族とも見受けられない、黒光りや赭黒い顔をして眼を烱々と光らせながら、半裸体で働いてゐる。軀幹は大きいが、みな痩せて背中まで肋骨が透けて見える。あわれに物凄い。またそれらの人々の背を乗客席に並べて乗せた電車が市中を通ると、地獄車のやうに、異様に見えた。その電車は床の上に何本かの柱があつて風通しの爲めに周りの囲ひ板はなく僅に天蓋のやうな屋根を冠つてゐるだけである。癒し難い寂しい気持ちが、私の心を占める。

このあと「私」はハイ・ストリートを案内されながら、「この娘を首尾よく、その男に娶はすことが出来たとしても、それで幸福であるといへるだらうか」と考え、一方ではまた、「若者と娘が暫く玆に新住宅でも持つであろうことを予想して」、住宅地の見学を社長に頼んだりしている。シンガポール到着の日のことだ。

植民地シンガポールの人びとのみじめな現実を、「私」の眼に託して書いた岡本かの子が、そのあとの浪漫主義的な海の描写に、みずから酔っていたとは思われない。すでに指摘したように、海は「浪間と浪の陰に当るところは、金砂を混ぜた緑礬液のやうに、毒と思へるほど濃く凝つて、しかもきら〳〵陽光を漉きこんでゐる」と書かれている。海は陰に毒をふくんだものとして表現されているのだ。その上を、木下の乗る三千トンの船は「無窮に浮き進んで行く。」「毒」の意味は多義的に解釈できるだろうが、この時期、南方の海は欧米列強と日本との植民地争奪の場として、無邪気な存在ではありえなかった。国家規模の家父長制の象徴ともいえるこの日本国籍の船を、岡本かの子は毒をふくんだ海と変転きわまりない空によって批評しようとしたのかもしれない。

これまでのところからわかるように、木下が登場してからのいくつかの場面は、生洲、釣堀、釣竿といった、あらかじめ仕かけられている装置を考えに入れて読まれなければならない。魚をつかまえて生きたまま床を切りぬいた生洲に放りこみ、遊客の慰みに釣らせるというこの釣堀は、まさしく家父長制家族、父権制家族のアレゴリー(4)そのものであり、女たちは妻になることによって、この生洲のなかに放りこまれる魚たちなのである。ショックを受けた娘の描写は、釣られた魚の描写として読むときはじめて納得がいく。その「釣堀から離れて」、釣竿を手にして近よってくる木下は、娘を釣りにくる釣師そのものなのだ。「私」が第一日目に感じた危惧は、当たる可能性が大きいといわなければならない。

しかも木下はこのとき、海の方から現れたのではなかった。かれは船が朝早く着いてしまった上、かれらに連絡がつかないので、「退屈凌ぎにここへ昼寝するつもりで来」ていたのだった。まさに遊客の一人として、釣堀で釣りをしていたのだろう。作者はその少し前に、「亭の前の崖下は生洲《いけす》になつてゐて、竹笠を冠つた邦人の客が五六人釣をしてゐる」と書いて海のなかにも生洲があることを示唆しながら、わざわざ木下を床を切りぬいた生洲の方から出現させているのである。

この男が真正の海の男として描かれていないことは、ここからも明らかだろう。木下という名前も木の下で昼寝や釣りをする男にはふさわしいが、海の男にはふさわしくない。かれは海の男ではなく、娘との関係では釣堀男にすぎず、この小説のなかの海と釣堀との対比のもつ意味は、疑いようがない。しかも作者は二つの生洲を書き分けながら、木下が海の方からきたかのようにも読ませてしまう巧妙な仕掛けを、ここでこしらえている。

5　河の娘の救出

作品の終わりで、「私」はふたたび堺屋の家に戻っている。これまで見てきたことからもわかるように、木下がつくる家庭はやはり家父長的な家庭でしかないだろう。そのなかで妻となる娘は、「私」が危惧したように、幸福になるとはかぎらない。むしろその反対になる可能性が大きい。なにしろかれらが帰っていくのは、蔦のからんだ家なのだから。しかし作者はこの大いなる幻滅のなかから、貴重な宝物のように、一つの存在を救い出そうとする。それは娘の存在であり、ほかならぬ河の娘としての娘の存在である。

「私」は底冷えののこる三月の日本橋の部屋に戻ってきて、彼女の最初のプランである、物語のなかの娘の性格に向かう。この部屋には、ふたたび河明りが射している。

私はうすら冷たくほのぐとした河明りが、障子にうつるこの室に坐りながら、私の最初のプランである、私の物語の娘に附与すべき性格を捕捉する努力を決して捨ててはゐない。芸術は運命である。一度モチーフに絡まれたが最後、捨てやうにも捨てられないのである。その方向からすれば、この家の娘への関心は、私に取つて一時の岐路であつた。私の初め計画した物語の娘の創造こそ私の行くべき本道である。

ここにはこの小説のもう一つのモチーフが語られている。『河明り』の冒頭から「私」が語っていたモチーフ、それは「私」が書いている物語のなかの娘にどのような性格を付与するべきかという問いである。このもう一人の娘のモチーフは、別の物語のことであるため「私」の部屋探しのたんなる口実として見逃されやすいが、作品の全体を伏流して、最後にいたり、語り手が堺屋の娘を見捨てたまさにそのときに、娘のなかから影のように立ち現れてくるのだ。堺屋の娘が名前を呼ばれていないことの理由と効果が、ここにきてはっきり表れている。堺屋の娘はもう一人の娘と重なりあい、そのなかに流れこむ。二人の娘に共通する「性格」、それは河である。作品はつづく。

だが、かう思いつゝ、私が河に対するとき、水に対する私の感じが、殆ど前と違つてゐるのである。河には無限の乳房のやうな水源があり、末にはまた無限に包容する大海がある。この首尾を持ちつゝ、その中間に於ての河なのである。そこには無限性を蔵さなくてはならない筈である。かういふことは、誰でも知り過ぎてゐて、平凡に帰したことだが、この家の娘が身を賭けるやうにして、河上を探りつゝ試みたあの土俗地理学者との恋愛の話の味ひ、またその娘が遂に流れ定つて行つた海の果の豊饒を親しく見聞して来た私には、河は過程のやうなものでありながら、しかも首尾に対して根幹の密接な関係があることが感じられる。すればこの仄かな河明りにも、私が曾て憧憬してゐたあはれにかそけきもの、外に、何か確乎とした質量がある筈である――何かさういふものが、はつきり私に感じられて来ると、結局、私は私の物語を書き直す決意にまで、私の勇気を立至らしめたのである。

小説『河明り』はここで終わっている。ここで「私」は、河が「無限の乳房のやうな水源」と「無限に包容する大海」のあいだの中間的存在であることを確認しながら、河の無限性を再発見している。また河が「過程のやうなもの」であることを認めながら、それを「何か確乎とした質量がある」ものとして見出している。過程や手段、通路としての河から、存在としての河の発見といってもいい。そしてそれは、「私」に勇気を与え、創作中の物語を書き直す決意にいたらせた、というのである。河の存在の発見と、娘の存在の新たな発見――この二つの発見は、密接に結びついている。

海についていえば、すでにのべたように岡本かの子はこの小説で自然としての海を描かず、また海の男木下の偽瞞性を書くことで、海という存在をも救出したということができるだろう。自然であり、解放と救済のシンボルとしての海はまだこの世に姿を現していない存在だということが、岡本かの子の感じていたことではないだろうか。

ところで、娘とはなにか。これがこの小説について考えてきたわたしの最後の問いである。

娘とは、家父長制家族のなかでは余計者である。娘は「子」としての価値をもたない。これまで語ってきた父・母・子の家父長制家族のなかで、子はつねに息子であった。堺屋の妻も、「折角楽しんでゐた子供が女であることやら、木下の生みの母との争奪戦最中の関係からか、娘の出生をあまり悦びもせず、やはり愛は男の子の木下に牽れてゐた」女として書かれている。あとつぎの息子にくらべて、娘が重要視されることは少ない。娘が役立つのは、一人立ちして立派な手柄を立てた青年英雄へのごほうび＝獲物としてである。若者が魔物や竜を退治して、とりこにされていたお姫様を救い出し、結婚するという物語は、家父長制家族における息子と娘の地位と役割の差をよく表している。

シンガポールでの木下と娘との関係には、このステレオタイプのパターンがほとんど当てはめられているといっていい。しかしすでにのべたように、それは一つのパロディであり、作者は河べりの家に戻ってからの「私」に、この娘役割からの娘の救出をおこなわせている。

こうして『河明り』の息子解放のモチーフは、河の存在の再発見を媒介として、伏流していたもう一つのモチーフ、娘のモチーフへとつながっていく。その娘は、本質において河の娘であるだろう。またおそらく、家父長制家族から自由な娘、自由になろうとしている娘であるにちがいない。こうして「書き直」された物語とは、かの子の死後、『河明り』発表と同じ四月から十二月まで「文学界」に連載された長篇『生々流転』ではないかとわたしは考える。

娘を主人公にした小説は、いくらでもあるように見える。しかし娘をほんとうに自由な一人の人間として主人公の位置にすえた作品は、見かけに反して、きわめて少ない。娘は文学のなかでも無視されつづけてきた存在なのだ。このことをいいかえれば、娘という存在には家父長制社会を内側から喰い破る可能性が組みこまれているということができるだろう。岡本かの子は『母子叙情』と『河明り』において、男性社会にもっとも受け入れられやすい母性という水源から出発し、蔦のからんだ父権制家族を解体しつつ、ついに娘という河口にまで到達した。それはかの子の文学の一つの到達点であると同時に、彼女を新たな出発点、より本源的な水源へと導いたのである。

注

（１）松下英麿「老妓抄の作者」（『岡本かの子研究Ⅶ』一九七五年六月、冬樹社）

（２）宮内淳子「『南』への意志」（『日本文学』一九八九年九月号、のち『岡本かの子―無常の海へ』武蔵野書房、一九九四年、および『岡本かの子論』ＥＤＩ、二〇〇一年所収）。なお宮内はこの小説の娘が近所で「亀島河岸のモダン乙姫」と呼ばれていることを指摘し、「そこに龍宮の娘たる意味が込められていることは明らかだ」とのべている。

（３）岡本かの子は一九二九（昭和四）年十二月に神戸港からヨーロッパ旅行に出発し、三二年六月にアメリカ経由で帰国している。往路十二月十八日にシンガポールで一泊したときのことは岡本太郎『母の手紙』（一九四一・一二）に書かれているが、それによるとかの子は美しい熱帯の夜に感動したものの、翌日市内と近郊で見た風物は前夜の印象とまったく異なり、「夜と昼の激変振りは甚だし」かったという。『河明り』のシンガポールの描写、とりわけ引用部分のそれは、基本的にこのときの見聞がもとになっているとわたしは考える。旅行者の期待を裏切る「激変」への驚きが感じられるのだ。
『河明り』の執筆中、一九三八年二月に石川達三の『生きてゐる兵隊』が新聞紙法違反に問われ、これを掲載した『中央公論』とともにその編集者松下英麿も連座していた。同年八月十六日の書簡で彼女は『河明り』について松下に、後半のシンガポールの場面は「石川達三氏のものの直後あたりで非常に警戒した、め臆病に書いた覚えが」あると書いている。そして「事変直前のシンガポールをもつと入れても好いのでせうか？（略）私、シンガポールの場面をもつと書いてみます」とつづけている。なにを書きこんだかは不明だが、「事変」とは「支那事変」ではなく満州事変のことだろう。シンガポールの場面に登場する邦字雑誌の社長のモデルとされる詩人の前田鐵之助は、この前後義兄に招かれて『南洋日々新聞』の主筆として滞在していたが（宮内淳子前掲書）、三三年にはすでに帰国して主催する雑誌『詩洋』に「熱帯所見」を書いている。これらを考えあわせると、この場面の時代背景は作品完成時の三八年ではなく、満州事変前の二九年末頃だとするのが妥当だと思われる。

しかしここには当時の日本の大陸や南方への進出が出会っていた矛盾や抵抗、中国人社会の排日の気運などは書かれていない。ゴム園の場面にも、金子光晴の『マレー蘭印紀行』にあるような日本人の進出過程は書かれていない。知らなかったとも考えられるが、この作品を時代背景のなかにおいて考えるとき、リアリティを欠く結果になっている。

かの子がシンガポールの場面に書きこんでいる歴史的・社会的現実は、「イギリス海軍タンク」「イギリス海軍根拠地」という言葉から半裸体で働く人びとの描写にいたるまで、イギリスの植民地支配に関わるものばかりであり、わずかに海の描写のなかの〈毒〉という言葉がなにかを暗示しているだけだ。その理由が「臆病」にあったのか、わずか一日の滞在による認識不足にあったのかはわからない。彼女がヨーロッパ旅行の往路で見たアジアにおける大英帝国の制海力につよい印象を受けたことは確かで、「英国海軍の制海力――軍備を充実せよ」（『女性の書』一九三六年所収）のなかでそのことを書いている。この短文から浮かび上がってくるのは、「軍備の充実の上に屈辱なき平和を望」む近代的ナショナリストの貌である。しかし『河明り』には、そのような国家主義的な見解や主張は一切書かれていない。なお岡本かの子の戦争との関わりについては、「岡本かの子の民族意識と戦争協力をめぐって」参照。

（4）アレゴリーについて、またそのシンボルとメタファとの差異については「男性性の解体――『金魚撩乱』を読む」参照。

家父長制と女の〈いのち〉——『家霊』について

1　喰われるいのち

小説『家霊』は一九三九（昭和十四）年、かの子の死の年の一月に『新潮』に発表されている。原稿用紙にして三十枚に満たないほどの短篇である。『家霊』は岡本かの子の生前に発表された最後に近い小説であり、彼女の円熟した技法と表現力が渾然とした魅力をつくり出している名作である。

しかし、この小説を作品に則して論じた評論や研究を、ほとんどまったく見かけないという事実は、なにを意味しているのだろうか。それはかの子の他の作品についてもいえることだが、ことに『家霊』の場合、名作の名が高いだけに、不可解な思いがのこるのである。

つい最近まで、わたしは『家霊』には書かれたことだけが書かれていると思いこんでいた。どじょう店に執拗にどじょう汁の出前をねだりにくる名人気質の老彫金師の話として読んでいたのだ。『母子叙情』や『河明り』について試みたような解読の試みが、『家霊』について可能だとは思わなかった。ただ、なぜ岡本かの子がこの小説に『家霊』という題をつけたのか、いぶかしく思っていただけだった。

しかし、『母子叙情』と『河明り』を論じた結果、わたしは岡本かの子の小説の深層にひそむ意味を解き明かすための一連の解読コードを、見出したように思う。そのコードを背景に置いて『家霊』を読み直してみると、これまで一つの図柄を見ていた画面のなかからうっすらともう一つの図柄が浮かび上がり、図柄と地とが入れかわろうとするのを感じる。第二の図柄ははっきり浮かび上がるわけではないが、作品のそこここに手がかりのようなものを示して、解読をうながしているように思われる。

まず、気になるのは「いのち」というどじょう屋の屋号である。作者のもっともらしい説明にだまされてつい見過ごしてしまい勝ちだが、『河明り』を分析してきたわたしたちは、この屋号の異様さを見逃すことはできない。このどじょう店で客に出す「どぜう、鯰《なまず》、鼈《すっぽん》、河豚《ふぐ》、夏はさらし鯨」などは、女の「いのち」のメタファではないかという疑問が、浮かんでくるのだ。それにふさわしい青年たちのやりとりが、きちんと書きこまれている。

彼らは店の前へ来ると、暖簾の文字を眺めて青年風の沈鬱さで言ふ。
「疲れた。一ついのちでも喰うかな」
するとつれはやや捌けた風で
「逆に喰はれるなよ」
互に肩を叩いたりして中へ犇めき入った。

「喰う」とはここで、性的な陰喩である。青年たちは「拭き磨いた千本格子の真中」にあけた入り口にかかっている「いのち」と染め出した古い暖簾をくぐって、女の「いのち」を喰いにやってくる。どじょう店は、いうまでもなく家父長制に支配された世界であり、そこで料理して出される魚たちは家父長制にとりこまれた女たちなのである。

そのことをもっとよく知るために、このどじょう店の店内の描写を見てみよう。

湯気や煙で煤けたまはりを雇人の手が届く背丈けだけ雑巾をかけると見え、板壁の下から半分ほど銅のやうに赭く光つてゐる。それから上、天井へかけてはただ黒く竈の中のやうである。この室内へ向けて昼も剝き出しのシャンデリヤが煌々と照らしてゐる。その漂白性の光はこの座敷を洞窟のやうに見せる許りでなく、光は客が箸で口からしごく肴の骨に当ると、それを白の枝珊瑚に見せたり、堆い皿の葱の白味に当ると玉質のものに燦かしたりする。そのことがまた却つて満座を餓鬼の饗宴じみて見せる。一つは客たちの食品に対する食べ方が亀屈《かじか》んで、何か秘密な食品に噛みつくといつた様子があるせゐかも知れない。

シャンデリアのイメージが、『河明り』の娘の二階の密室のシャンデリアと共通していて、まるで暗号解読をうながすサインのようだ。「枝珊瑚」という言葉からも、この場面が作者によって海底の洞窟として描かれていることは明らかだろう。海底の洞窟でおこなわれる「餓鬼の饗宴」であり、その

「餓鬼窟の女番人」としての役割を長年忠実につとめてきたために、「あの無性格にまで晒されてしまつた便《ママ》りない様子、能の小面《こおもて》のやうに白さと鼠色の陰影だけの顔」という、まさにさらし鯨のようになってしまったのが、くめ子の母親なのである。この母が長らく座り、いまは病気の母親に代わってくめ子が座っている場所が、この洞窟のような家の、さらに奥まった帳場格子の内側なのだ。

　板壁の一方には中くらゐの窓があつて棚が出てゐる。客の誂へた食品は料理場からこゝへ差し出されるのを給仕の小女は客へ運ぶ。客からとつた勘定もこゝへ載せる。それ等を見張つたり受取るために窓の内側に斜めに帳場格子を控へて永らく女主人の母親の白い顔が見えた。今は娘のくめ子の小麦色の顔が見える。

　この帳場に座る者は料理や客の様子や勘定を見張ったり受けとったりするのだが、実は「千本格子」と「帳場格子」の二重の格子の奥にとらえられ、より深く家父長制にとりこまれた存在なのである。その意味で、この店の屋号の「いのち」とは、なによりもここに座りつづけてきた母親の「いのち」を指していると考えられる。くめ子はやがて自分も母親のようになるのかと思うと、「身慄ひが出た。」彼女はこの洞窟のような家がいやでたまらず、「人世の老耄者、精力の消費者の食餌療法をするやうな家の眃業には堪へられなかった。」女学校を出ると三年間、家出同様にして職業婦人の道をたどったが、母親の病気で家によび戻されると、「多少諦めのやうなものが出来て、今度はあまり嫌がらないで帳場を勧め出した」と語られている。

このくめ子の前に、押し迫った暮れ近くの風のつよい寒い日に現れるのが、老金工師の徳永老人である。この老人が、望んでいる一杯のどじょう汁にありつくまでには、次つぎと障害が立ちはだかる。年少の出前もち、小女、年長の出前もち、くめ子などがそれぞれの立場からくり出す反対のあと、徳永老人が現れて店のなかへはいり、「始めのうちは頻りに世間の不況、自分の職業の彫金の需要されないことなどを鹿爪らしく述べ、従つて勘定も払へなかつた言訳を吃々と述べる。だが、その言訳を強調するために自分の仕事の性質の奇稀性に就て話を向けて来ると、老人は急に傲然として熱を帯びて来る。」

こうして徳永老人は自分のしている片切彫《かたぎりぼり》について話しはじめるのだが、その真摯な話も結局どじょうの話に落ちていき、店の者に笑われてしまう。そのあと、はじめて「いのち」という言葉が二度つづけて平叙文のなかに出てくるところがある。「牡丹は牡丹の妖艶ないのち、唐獅子の豪宕ないのち」というところだ。だがこのあたりまではまだ、徳永の男性としての肉体的魅力がギリシア彫刻の円盤投げの青年像のひきしまった右腕の比喩で語られ、かれの肉体、というより腕そのものが若い青年の彫像の腕となり、その緊張の極限で人間ばなれした力を帯びはじめることが書かれてはいるものの、話は芸談の範囲内にある。

2　老人の語り

老人がこの小説のモチーフの最深部を語り出すのは、別の夜の、やはり風の吹く晩のことだ。

ある夜も、風の吹く晩であつた。夜番の拍子木が過ぎ、店の者は表戸を卸して湯に出かけた。そのあとを見済ましでもしたかのやうに、老人は、そつと潜り戸を開けて入つて来た。

老人は娘のゐる窓に向つて座つた。広い座敷で窓一つに向つた老人の上にもしばらく、手持無沙汰な深夜の時が流れる。老人は今夜は決意に充ちた、しほしほとした表情になつた。

徳永老人が二重の格子の奥に座るくめ子に正面から向きあい、この小説の中心テーマを語り出す、重要な場面の導入部である。老人はどじょうという小魚へのエロティックな愛着といとおしさを語りながら、ついに「おかみさん」との関係を語りはじめる。帳場に大儀そうに頬杖をついていたおかみさんは、少し窓の方へ顔を覗かせて、「徳永さん、どぜうが欲しかつたら、いくらでもあげますよ。決して心配なさるな。その代り、おまへさんが、一心うち込んでこれぞと思つた品が出來たら勘定の代りなり、またわたしから代金を取るなりしてわたしにお呉れ。ほんとにそれでいゝのだよ」と、勘定のたまった徳永にくり返しいってくれたのだった。そのあと、徳永は語りはじめる。

「おかみさんはそのときまだ若かつた。早く婿取りされて、ちやうど、あなたぐらゐな年頃だつた。気の毒に、その婿は放蕩者で家を外に四谷、赤坂と浮名を流して廻つた。おかみさんは、それをぢつと堪へ、その帳場から一足も動きなさらんかつた。たまには、人に縋りつきたい切ない限りの様子も窓越しに見えました。そりやさうでせう。人間は生身ですから、さうむざむざ冷たい石になることも難かしい」

　徳永もその時分は若かつた。若いおかみさんが、生埋めになつて行くのを見兼ねた。正直のところ、窓の外へ強引に連れ出さうかと思つたことも一度ならずあつた。それと反対に、こんな半木乃伊《ミイラ》のやうな女に引つかかつて、自分の身をどうするのだ。さう思つて逃げ出しかけたことも度々あつた。だが、おかみさんの顔をつくづく見るとどちらの力も失せた。おかみさんの顔は言つてゐた――自分がもし過ちでも仕出かしたら、報いても報いても取返しのつかない悔いがこの家から永遠に課せられるだらう。もしまた、世の中に誰一人、自分に慰め手が無くなつたら自分はすぐ灰のように崩れ倒れるであらう――

「せめて、いのちの息吹きを、回春の力を、わしはわしの芸によつて、この窓から、だんだん化石して行くおかみさんに差し入れたいと思つた。わしはわしの身のしんを揺り動かして鏨と槌を打ち込んだ。それには片切彫にしくものはない」

「いのち」という言葉が、ここで徳永自身の口からはじめて語られることに注目したい。二重の格子の奥に閉じこめられたおかみさんの「いのち」と、徳永がおかみさんに献げようとする「いのちの息吹き。」おかみさんの化石化していく「いのち」に、「いのち」で応えたのは、徳永しかない。この対応だけで、二人の関係は明らかだろう。

もちろん徳永の言葉を文字通りに受けとることもできる。しかしすでにこの話の前に、徳永はどじょうという小魚のメタファに託して、おかみさんとの性の関係を告白しているのだ。ここには思わず寒気がするほどのエロティシズムと不気味さと、男のやさしさと欲望がこめられている。

　人に嫉まれ、蔑まれて、心が魔王のやうに猛り立つときでも、あの小魚を口に含んで、前歯でぽきりぽきりと、頭から骨ごとに少しづつ噛み潰して行くと、恨みはそこへ移つて、どこともなくやさしい涙が湧いて来ることも言つた。

「喰はれる小魚も可哀さうになれば、喰ふわしも可哀さうだ。誰も彼もいぢらしい。ただ、それだけだ。女房はたいして欲しくない。だが、いたいけなものは欲しい。いたいけなものが欲しいときもあの小魚の姿を見ると、どうやら切ない心も止まる」

しかし、「いのち」が刻み出たほどの作は、さう数多く出来るものではない。」徳永はおかみさんのために「やなぎ桜」「夏菊」「ほととぎす」「糸萩」「女郎花」、そして二、三年前には「友呼ぶ千鳥一羽」を彫った。そしていまは「もう全く彫るせきは無い」という。春から夏へ、秋へ、そして冬へとすすむこれらのイメージは、二人の愛が刻んだ長い歳月の暗喩としての意味をもっている。のちに引用する冒頭の文章と同じように、時間を空間化して表現しているのである。

勘定を払う目当てもないという徳永は、なおもどじょう汁をくめ子にねだり、「あなたが、おかみさんの娘ですなら、今夜も、あの細い小魚を五六ぴき恵んで頂きたい。死ぬにしてもこんな霜枯れた夜は嫌です。今夜、一夜は、あの小魚のいのちをぽちりぽちりわしの骨の髄に噛み込んで生き伸びたい――」という。そのあとの一節は、くめ子の感じるどじょうたちとの「いのちの呼応」を示している。

くめ子は、われとしもなく帳場を立上つた。妙なものに酔はされた気持でふらりふらり料理場に向つた。料理人は引上げて誰もゐなかつた。生洲に落ちる水の滴りだけが聴える。
くめ子は、一つだけ捻つてある電燈の下を見廻すと、大鉢に蓋がしてある。蓋を取ると明日の仕込みにどぜうは生酒に漬けてある。まだ、よろりよろり液体の表面へ頭を突き上げてゐるのもある。日頃は見るも嫌だと思つたこの小魚が今は親しみ易いものに見える。くめ子は、小麦色の腕を捲くつて、一ぴき二ひきと、柄鍋の中へ移す。握つた指の中で小魚はたまさか蠢めく。すると、その顫動が電波のやうに心に伝はつて刹那に不思議な意味が仄かに囁かれる――いのちの呼応。

しかし老人は、くめ子が窓から差し出してくれたどじょう汁とご飯を、その場では食べない。かれはいつも出前を頼み、店で食べることはけっしてない。徳永にとってどじょう汁を食べるということは、おかみさんとの二人だけの秘めごとなのだ。かれはくめ子にも「おかみさんの娘」としての関心しか示さない。次の一句には、くめ子からどじょう汁を盗んだ徳永の逃走が書かれている。

老人は見栄も外聞もない悦び方で、コールテンの足袋の裏を弾ね上げて受取り、仕出しの岡持を借りて大事に中へ入れると、潜り戸を開けて盗人のやうに姿を消した。

3　永遠に回帰するいのち

一行あけたあと、今度はくめ子の視点から母親のことが語られる。

不治の癌だと宣告されてから却つて長い病床の母親は急に機嫌がよくなつた。やつと自儘に出來る身体になれたと言つた。

癌を宣告されてから上機嫌になるというのは、彼女を縛っていた束縛の大きさと、虚無感の深さを語っている。彼女は娘に、「生涯に珍らしく親身な調子」でいう。

「妙だね、この家は、おかみさんになるものは代々亭主に放蕩されるんだがね。あたしのお母さんも、それからお祖母さんもさ。恥かきつちやないよ。だが、そこをぢつと辛抱してお帳場に噛りついてゐると、どうにか暖簾もかけ続けて行けるし、それとまた妙なもので、誰か、いのちを籠めて慰めて呉れるものが出來るんだね。お母さんにもそれがあつたし、お祖母さんにもそれがあつた。だから、おまへにも言つとくよ。おまへにも若しそんなことがあつても決して落胆おしでないよ。今から言つとくが――」

母親は、死ぬ間際に顔が汚いといってお白粉などでうすく刷き、琴柱《ことじ》の箱をもってこさせて「これだけがほんとに私が貰つたものだよ」という。そしてさもなつかしそうに二つ三つゆする。

中で徳永の命をこめて彫つたといふ沢山の金銀簪の音がする。その音を聞いて母親は「ほほ　ほ」と含み笑いの声を立てた。それは無垢に近い娘の声であつた。

『河明り』の最後に現れる娘への回帰が、ここにも現れている。さらに一行あけたあと、話は娘のくめ子のことに移る。彼女もまた母親と同じような運命をたどることを、くめ子自身が予感していることが示されている。彼女もいずれ、彼女自身の「懸命の救い手」を見出さなければならないだろう。くめ子という名前には、久米子＝久しいという文字がはいっている。一方、徳永の名前には、いのちを籠めた慰め手にふさわしく、「徳」が「永い」という意味がこめられている。くめ子も徳永も、永遠に若返り、永遠に回帰する女と男なのである。家父長制がつづくかぎり……。またそう考えれば、「徳永老人はだん〳〵痩せ枯れながら、毎晩必死にどぜう汁をせがみに来る」というこの小説の最後の一句は、老人が娘として甦った「おかみさん」のところにくると読むことができる。そして「決して落胆おしでないよ」という母親が娘に遺した最後の言葉には、同じ運命を生きる世の娘たちへの、岡本かの子のメッセージがこめられているとわたしには読みとれる。

多くの読者は、徳永という老名工の芸談とかれの零落という表層の物語だけを読みとり、この小説にかくされた真のテーマを見ようとしなかったように思われる。しかし「いのち」というキーワードが、そして釣りと魚と海底のメタファが、わたしたちをこの小説の真のモチーフへと導く。「夫」は一度もこの小説のなかに姿を見せず、生死さえ定かでないが、「店の代々の慣はしは、男は買出しや料理場を受持ち、嫁か娘が帳場を守ることになつてゐる」と書かれているところをみると、「夫」がかの子のいくつかの小説に家父長のシンボルとして描かれる釣人の一人であることは疑いえない。そして「生洲」は、くめ子がどじょう汁をつくってやる直前に、一度だけ書かれる。くめ子もまた生洲から上げられ、生酒に漬けられたどじょうなのである。

さらに岡本かの子の作品をさかのぼれば、女性を魚や海中動物のメタファで表現する方法は、『渾沌未分』や『金魚撩乱』などにすでに見出すことのできるかの子の本質的なイメージャリーであり、シンボル体系だということができるだろう。かの子にとって、女性の自由の最高のイメージは河から大海へと泳ぎ出していく自由な海豚《いるか》（『渾沌未分』）であり、最低のイメージは釣り上げられて生洲に飼われ、やがて男たちに「いのち」を食べられてしまうどじょうや鯰（『家霊』）だったのではないだろうか。

なお、ここでこのどじょう店の在りかを示す『家霊』の冒頭の文章について考えておきたい。これは異様な文章である。

山の手の高台で電車の交叉点になつてゐる十字路がある。十字路の間からまた一筋細く岐れ出て下町への谷に向く坂道がある。坂道の途中に八幡宮の境内と向ひ合つて名物のどぜう店がある。拭き磨いた千本格子の真中に入口を開けて古い暖簾が懸けてある。暖簾にはお家流の文字で白く「いのち」と染め出してある。

文を改めるたびに前の語をダメを押すようにくり返す、一種呪術的な文体である。ここからは、危険をはらんだ人生の十字路、十字路から細く分かれ出た坂道の途中、下町とのあいだに口をあけている「谷」、八幡宮（八幡神は弓矢の神）などのイメージが浮かび上がってくる。坂道は下町に通じているのだが、そのあいだに谷があり、坂道はその谷に向いている。坂道が谷に向かって真逆様に落ちていく、ととれなくもない表現である。どじょう店はその坂道の途中に、八幡宮の境内と向きあっている。電車の行きかう交叉路から細い分かれ道に入っても、そこは戦いと無縁の場所ではないのだ。

そして徳永のはいってくる暮近い晩は、「坂の上の交叉点からの電車の軋る音が前の八幡宮の境内の木立のざわめく音と、風の工合で混りながら耳元へ摑んで投げつけられるやうにも、また、遠くで盲人が呟いてゐるやうにも聞えたりした」晩である。人生の危険な十字路からの騒音と、向かいの弓矢の神の木立の音が遠く近く聞える、ただならぬ晩のことだ。ここではおかみさんが徳永に会った時が、地理的な空間に置きかえられて表現されているのである。そのあとの「もし坂道へ出て眺めたら、たぶん下町の灯は冬の海のいさり火のやうに明滅してゐるだらうとくめ子は思つた」というところには、くめ子の抱いている自由な、しかし到達できない海のイメージがある。

4 「家霊」の意味内容の変容と逆転

最後に、この小説の「家霊」という題名について考えたい。これに関連するのは、おかみさんの言葉のなかの「自分がもし過ちでも仕出かしたら、報いても報いても取返しのつかない悔いがこの家から永遠に課せられるだらう」というところである。わたしはこの部分こそが、「家霊」というタイトルの源《もと》だと思う。怖ろしいことだが、そうとしか考えようがない。これまで見てきたところによれば、おかみさんは家父長制の家の立場からみて「過ち」を犯しているのだし、「報いても報いても取返しのつかない悔いがこの家から永遠に課せられ」ていることになるのだが……。

没後発表された中編『雛妓』のなかで、作者は、家霊についての女主人公かの子の夫逸作の言葉を書きこんでいる。それは一読したところ、小説『家霊』のそれとなんの関係もないように見える。

「何百年の間、武蔵相模の土に亙つて逞しい埋蔵力を持ちながら、匐ひ松のやうに横に延びただけの旧家の一族に付いてゐる家霊が、何一つ世間へ表現されないのをおやぢは心魂に徹して歎いてゐたのだ。(略) この謎を解いてやれ。そしてあのおやぢに現れた若さと家霊の表現の意志を継いでやりなさい。それでなけりや、あんまりお前の家のものは可哀相だ。家そのものが可哀相だ」

「おやぢ」とは、多摩川べりの旧家の跡取りだったかの子の父寅吉のことと考えていいだろう。小説『家霊』の家を、どこの家と特定する必要はまったくないが、逸作のいう家霊こそが小説『家霊』の家霊であり、小説『家霊』こそが、逸作がかの女に表現してやれと望んだ「家霊」の表現そのものではないのかと考えるとき、わたしは岡本かの子の文学の全体が、おそろしい力で起ち上がって、わたしを衝つのを感じる。なんという屈折した表現だろう。しかし女の立場からするとき、何百年にもわたる家父長制の家についた女たちの「家霊」を表現するのに、これ以外の方法があっただろうか。

かの子は「家」の立場から女主人に悔いをあたえているのではなく、この小説全体によって、全身全霊をこめて「家霊」を表現しているのである。しかもその「家霊」とは、旧家の一族についた家霊ではあっても、逸作が考えていたらしい男たちのそれではなく、娘の若さを受けついで若返りつづける「おかみさん」の家霊なのである。「家霊」の意味内容の変容と逆転である。なおここではくわしくのべないが、『雛妓』には「若さと家霊」という逸作の言葉がかの子にとりつき、「家霊を表現する」決意に至る過程が、同じ名前をもつ三人の女たちの実現しなかったつながりの話の背後に、伏流している。『家霊』誕生の秘話といってもいい。

わたしは『母子叙情』について、女主人公をかつて苦しめた夫への憎しみが、かの女の分身である副人物の鏡子という女性に仮託されて表現されていることを指摘した。『家霊』では、作者は分身に仮託するのをやめ、どじょうや海底の洞窟、生洲などのメタファを用いながら、女主人の家父長（制）への憎悪、そして徳永との愛を、見事に作品の深層に沈め、隠したのである。『母子叙情』から引きつがれてきた家父長（夫）への憎悪と復讐は、『家霊』でほぼ表現しつくされたと見ていいだろう。『河明り』にもその残影はみられるが、作者はすでに余裕をもって書いている。それは表現されることによって対象化され、浄化されたのだ。あとには奇怪ともいえる作品だけがのこされている。

なお、一九三七年十二月に発表された『落城後の女』には、「地の中の河のやうに、人知れず流れてゐる」女の摩訶不思議な生命の脈絡が書かれている。そこには女が男に抱いた〈遺恨〉の受けつぎが示唆されているのだが、そのモチーフは次第にうすれていく。そしてかの子は斧《よき》という女に、「わたくしは復讐で一生を滅茶々々にして仕舞ひ、女の幸福といふことを一つも知りませんでした」と語らせている。かの子における〈復讐〉のモチーフの相対化と脱却、そして女の生命のつながりというテーマのはじまりと考えていいだろう。

わたしたちはこの『家霊』という作品から、考古学者が古い地層から失われた文化を発掘するように、女たちのいのちが釣り上げられ、生洲に飼われ、男たちに食われてきた家父長制という一つの制度＝文化の秘められた地層を発掘し、いのちの限りをつくしてそれを表現した岡本かの子のいのちの滴りを、生洲に落ちる一滴一滴の水の滴りのように、肌身に感じることができる。それはまだ完全に死滅してはいないが、わたしたちが二度と復活しないように葬り去らなければならない制度であり、文化なのである。

男性性の解体——『金魚撩乱』を読む

1　復一の女性憎悪の変化

『金魚撩乱』は、崖下の金魚づくりの家に生まれた復一という青年が、崖上の邸宅の一人娘真佐子を愛し、その愛や敵愾心や嫉妬や未練を「自分の愛人を自分の手で創造する」美しい金魚づくりの使命へと昇華させていく物語である、と一応いうことができる。かの子四十八歳の一九三七年（昭和十二）十月に『中央公論』に発表された作品で、その短い作家生活のなかでは中期に属する作品である。すでに「支那事変」がはじまって、三カ月が経っている。

しかしこの小説は、長年にわたる金魚（と女性）という「生命《いのち》」との関わりのなかで、復一が次第に女性への嗜虐性から解放され、真佐子の父親の家父長支配からも独立し、さらに男性としての性の欲望や子孫への欲望をも捨てた上、「自分の愛人を自分の手で創造」して凱歌をあげたいという最後の家父長的・男性的支配欲まで打ち砕かれたあげく、打ちすてておいた金魚の「姥捨て場」から、この世ならぬ美麗な金魚が現れるのを見るという逆転の物語として読むことができる。男性の、既成の男性性からの解放の物語であり、男性性解体を通しての救済の物語なのである。

　復一と真佐子とのあいだには男と女の性のちがいだけでなく、階級の差がある。復一は「漠然とした階級意識から崖邸の人間に反感を持つてゐる」青年であり、真佐子の父鼎造にも反抗心を抱いている。少年時代には真佐子を目の仇にしていじめ、「おまへは、もう、だめだ。お嫁に行けない女だ」「ちつと女らしくなれ。お転婆！」などと「変態的な苛め方」をしてどなりつけていた。復一は手の届かない階級の女性への屈折した関心を、男性優位の嗜虐的な態度によって償っていたといえるだろう。

「階級性」という言葉から、この小説とプロレタリア文学との関連性を考える人もいるかもしれないが、復一にこめられているのはむしろプロレタリア文学壊滅後のいわゆるファシズム期に顕在化してきた小市民階級――それも丸山眞男が中間層の第一の類型として列挙している[1]小工場主、町工場の親方、土建請負業者、小売商店の店主、大工棟梁、小地主、乃至自作農上層、学校教員、ことに小学校・青年学校の教員、村役場の吏員・役員、その他一般の下級官吏、僧侶、神官というような社会層――の富裕階級にたいする反感、羨望、嫉妬、怨念などの情念であり、なによりも男性優位《マッチョ》的な女性差別、女性憎悪の情念である。この小説は、階級を異にする男女の恋愛劇を通してのその情念への批評であり、また階級の交代劇としても読むことができる。

　復一の真佐子への嗜虐的な意識がゆらぐのは、真佐子から桜の花びらを満面にぶつけられる場面である。

「女らしくなれつてどうすればい、のよ」

復一が、おやと思ふとたんに少女の袂の中から出た拳がぱつと開いて、復一はたちまち桜の花びらの狼藉を満面に冠つた。少し飛び退つて、「かうすればい、の！」少女はきく〳〵笑ひながら逃げ去つた。

復一は急いで眼口を閉ぢたつもりだつたが、牡丹桜の花びらのうすら冷い幾片かは口の中へ入つてしまつた。けつけと唾を絞つて吐き出したが、最後の一ひらだけは上顎の奥に貼りついて顎裏のぴよ〳〵する柔いところと一重になつて仕舞つて、舌尖で扱いても指先きを突き込んでも除かれなかつた。復一はあわてるほど、咽喉に貼りついて死ぬのではないかと思つて、わあ〳〵泣き出しながら家の井戸端まで駆けて帰つた。そこでうがひをして、花片はやつと吐き出したが、しかし、どことも知れない手の届き兼ねる心の中に貼りついた苦しい花片はいつまでも取り除くことは出来なくなつた。

桜の花びらで死ぬことなどありえないが、咽喉に張りついた「うすら冷い」桜の花びらは、復一の真佐子への実現されることのない苦しくも美しい恋の記号表現として、復一の金魚との縁が深まり、金魚の新種創造へのかれの熱意が段階を追って深まるごとに、くり返し現れてくるイメージである[2]。

復一は鼎造の申し出（ここで桜の花びらの二度目のイメージが復一に現れる）により、金魚の飼育法を学ぶために専門学校へ行くことになるが、三人の金ボタンの制服の青年たちにかこまれた真佐子を見る復一の目は、「征服か被征服か」というような、屈折したものだ。かれにとって、真佐子は普通の生き方でははじめからかなわない相手だが、かれは「たつた一つの道は意地悪く拗ねることによつて、ひよつとしたら、今でもあの娘はまだ自分に牽かれるかも知れない」と考える。

関西のある湖の水産所に研究生としてはいることになった復一を、真佐子は夜の街に散歩にさそう。そして「金魚のために人間が生き死にした例」を語り、「生きものといふ生命を材料にして、恍惚とした美麗な創造を水の中へ生み出さうとする事は如何に素晴しい芸術的な神技であらう」と口をきわめて復一の進路を推賞し、はげますのだ。

この場面は真佐子の女としての肉体の魅力が復一をひきつけ、それが手の届かないものであることをかれにつよく感じさせる場面だが、同時に、真佐子が復一の予期しなかった精神的な面をあらわしてくる場面でもある。しかし真佐子の結婚にたいする考え方は平凡で無計画なもので、復一は、「マネキン人形さんにはお訣れするのだ。非人間的な、あの美魔にはもうおさらばだ。さらば！」と考えて、東京を去る。

しかし湖畔の研究所にきて一、二カ月経つうちに、復一の真佐子への考え方、感じ方は次第に変わってくる。

雌花だけで遂に雄蘂にめぐり合ふことなく滅びて行く植物の種類の最後の一花、そんなふうにも真佐子が感ぜられるし、何か大きな力に操られながら、その傀儡であることを知らないで無心で動いてゐる童女のやうにも真佐子が感ぜられるし、真佐子を考へるとき、哀れさそのものになつて、男性としての彼は、ぢつとしてゐられない気がした。（略）だが、復一はこの神秘性を帯びた恋愛にだん〳〵プライドを持つて来た。

ここは、「多少のいやらしさ、腥さもあるべき筈の女としての魂、それが詰め込まれてゐる女の一人として彼女は全面的に現れて来ない」という、出発以前の復一の真佐子観と入れかわって、復一に、真佐子とい女性が生身の現実の女ではなく、どこか天上的な無限性を宿した存在であることがわかってきたことを示している。

こうしてかれの真佐子への思いは変わっていく。「取り止めもない女」「単に生理的のものでしかあり得ない」「機械人形」「何とも知れない底気味悪い遠方のもの」「情痴を生れながらに取り落して来た女」「マネキン人形」などの言葉に代わって、「しん〳〵として、寂しいもの、惜しまれるもの、痛むもの」「哀れさそのもの」などの言葉が、真佐子に関して現れてくる。そればかりでなく、金魚屋に生まれ育って、金魚を「何か実用的な木つ葉か何かのやうに思つてゐた」復一の金魚にたいする考え方が、次第に生命的な、そして「無限」的なものに変わってくるのだ。「ねろりとして、人も無げに、無限をぱく〳〵食べて、ふんわり見えて、どこへでも生の重点を都合よくすい〳〵置き換へ、真の意味の逞しさを知らん顔をして働かして行く、非現実的であり乍ら『生命』そのものである姿をつく〴〵金魚に見るやうになつた」というように。そして無限性こそは岡本かの子が宇宙を「一大命綱」として説明する仏教の宇宙観を学びながら、生の「尽くるなき力の源泉」（『人生論』）として感得していったものであった。しかし、復一はまだ真佐子と金魚との類似性に気がついていない。

かれは湖の「魚漁家」の娘の秀江と知りあい、なじみになっていく。そして「生命感は金魚に、恋のあはれは真佐子に、肉体の馴染みは秀江に。よくもまあ、おれの存在は器用に分裂したものだ」と考える。復一のなかで生命と恋と肉体は、まだ分裂しているのだ。

ここまでは、金魚と真佐子とは一応別の存在として復一に感受されている。しかし復一が湖にこぎ出し、「もく〳〵」と呼ばれる清水の湧き出しているところまできてボートに仰向けになる場面では、両者は神話的レベルでの共通性をもった、半神半人的な存在として、復一によって考えられるようになる。

——希臘《ギリシヤ》の神話に出て来る半神半人の生ものなぞといふものは、あれは思想だけではない、本当に在るものだ。現在でもこの世に生きてゐるとも云へる。現実に住み飽きてしまつたり、現実の粗暴野卑に愛憎をつかしたり、あまりに精神の肌質《きめ》のこまかいため、現実から追ひ捲くられたりした生きものであつて、死ぬには、まだ生命力があり過ぎる。さればといつて、神や天上の人になるには稚気があつて生活に未練を持つ。さういふ生きものが、この世界のところ〴〵に悠々と遊んでゐるのではあるまいか。真佐子といひ撩乱な金魚といひ生命の故郷はさういふ世界に在つて、そして、顔だけ現実の世界に出してゐるのではないかしらん。

復一の「何ものにも促はれない心」による真佐子の本質への洞察として、重要なところである。真佐子は（そして金魚も）、生と死、現実と理想の中間的な「生命の故郷」で悠々と遊んでいる半神半人的な存在なのである。かの子の短篇『鮨』の主要人物、湊もその一人だが、真佐子は岡本かの子の小説にしばしば登場する「あまりに精神の肌質のこまかいため」の現実からの高貴な追放者であり、「どこか現実を下目に見くだして、超人的に批判してゐる諷刺的な平明」が「無防禦の顔つき」の仮面《マスク》をかぶつている存在なのだ。かれらは経済的には富裕階級に属しているが、それにとらわれることはなく、本質的に旧時代を生きる人間たちである。ベンヤミンのいう〝遊民《フラヌール》〟に近い存在かもしれない。岡本かの子は超人については、「西洋の小説にときどき超人といふものを書かうとしてゐますが、かういふのは、完全な生命の覚者の仏にはまだなれないが、普通人以上に生命に対して敏感であり慾求も切なるものがある、仏教で言ふ声聞《しょうもん》、縁覚《えんかく》といつた階級にでも属する人でありませうか(3)」と語っている。真佐子はそのような意味での「超人」であり、現実への批判者、諷刺者でもあることがここに示されている。

2　新たな家父長への道

その後、真佐子はますます現実を遊離する徴候を示し、バロック(4)時代の服飾や芸術に興味をもちはじめる。バロックとは「欧洲文芸復興期の人性主義《ヒューマニズム》が自然性からだん〳〵剝離して人間業《わざ》だけが昇華を遂げ、哀れな人工だけの絢爛が造花のやうに咲き乱れた十七世紀の時代様式」とされているが、復一が調べかけている金魚史の上でも、「初めて日本へ金魚が輸入され愛玩され始めた元和あたりがちやうどそれに当つてゐる。」「すると金魚といふものはバロック時代的産物で、とにも角にも、彼女と金魚とは切つても切れない縁があるのか」と復一は考える。

バロック芸術にたいする理解と評価は近年いちじるしく進展しているが、人間と自然、精神と現実の古典的調和とは無縁の、断絶と不和を基調とする、しかしいびつな歪みそれ自体のうちに力強さを孕んでいる芸術様式という近年のバロック観[5]からみても、真佐子とバロックとの結びつきには必然性がある。彼女は男の〝遊民〟たちよりもいっそう激しく、二つの階級、二つの時代、二つの性の断絶と不和のはざまを生きる女性なのである。

しかし復一は生身の男であり、現実の人間であるから、真佐子と現実に「肉情と、血で」結びつきたい思いをつのらせる。秀江との肉体関係を誇張してほのめかす手紙を真佐子に書き送り、次第にその刺戟をつよくしていくが、彼女からは「金魚の研究を怠らなければ復一が何をしようとどんな女性と交渉があらうと構はない書きぶり」の返事が戻ってくるだけだ。復一がほとほと性根がつきようとするころ、「私もう直きあかんぼを生みます。それから結婚します。すこし、前後の順序は狂つたやうだけれど。どつちしたつて、さうパツシヨネートなものぢやありません」という手紙がきて、復一を呆然とさせる。真佐子は平凡な女だが、結婚という制度や処女性の観念、嫉妬などにとらわれない女性だということが、ここからうかがえる。この前後に表れている真佐子の自由さや執着のなさは、むろん岡本かの子の女性観や人間観からきているが、彼女が別のところで述べている大乗仏教の「空」の思想(6)によって、もっともよく理解できるように思える。

真佐子は復一にも「その方」(秀江)との結婚をすすめ、「けれども金魚は一生懸命やつてよ。素晴らしい、見てゐると何も彼も忘れてうつとりするやうな新種を作つてよ。わたし何故だかわたしの生むあかんぼよりあなたの研究から生れる新種の金魚を見るのが楽しみなくらゐよ」と書く。真佐子がいよいよ復一に金魚への思いだけを吹きこむ超越的な女性になってくる場面である。この手紙の後半は、復一への非現実界での結婚申し込みと考えることもできる。真佐子は既成の観念や制度や因習から自由な一種の「超人」なのだが、死ぬにはまだ生命力がありすぎ、「生活に未練」をもっている。そこに真佐子の美しい金魚への執着が生まれ、復一が次第に理解するようになる真佐子の「あはれさ」があるのだ。彼女は非現実的な存在であり、その能動性は、復一の金魚創造の仕事を通じてしか実現されえないのである。

相前後して鼎造から手紙が届き、恐慌以来の財政のやりくりの中で陣形をたて直すことができたから、今後は商社の技師格として、輸出産業の見込み百パーセントの金魚の飼育と販売という「事業の目的に隷属して働いて貰ひ度い、給料として送金は増すことにする」と知らされる。「恐慌」とは一九二〇(大正九)年の、第一次世界大戦後の戦後恐慌のことだろうか。ここでは「隷属」という言葉に、鼎造の主人意識が露わである。復一は「崖邸の奴等め、親子がかりで、おれを食ひにか丶つたなと、むやみに反抗的の気持ち」になり、二人への返事も出さずに金魚の研究も一時すっかり放擲して、京洛を茫然と遊び廻ったが、一カ月ほどして帰ってきたときは、復一の心は決まっていた。

それはまだこの世の中に曾て存在しなかつたやうな珍らしく美麗な金魚の新種をつくり出すこと、それを生涯の事業としてか丶る自分を人知れぬ悲壮な幸福を持つ男とし、神秘な運命に摑まれた無名の英雄のやうに思ひ、命を賭けてもやり切らうといふ覚悟だつた。それが結局崖邸の親子に利用されることになるのか——さもあらばあれ、それが到底自分にとつて思ひ切れ無い真佐子の喜びともなれば、その喜びが真佐子と自分を共通に繋ぐ……。それにしてもあの非現実的な美女が非現実的な美魚に牽かれる不思議さ、あはれさ。復一は試験室の窓から飴のやうにとろりとしてゐる春の湖を眺めながら、子供のとき真佐子に喰はされた桜の花びらが上顎の奥にまだ貼り付いてゐるやうな記憶を舌で舐め返した。

桜の花びらが出てくる三度目の場面であり、復一と真佐子との関係が、かれの生涯を賭けた金魚づくりへの決意として、新たな局面を迎えるところである。岡本かの子が美というものを、たんに滅びゆく階級への哀惜やイロニーとしてでなく、小市民階級の男性性解体=女性憎悪解体の目標として、また道しるべとして表現したことは、日本浪漫派との明確な差異として注目されていい。日本のファシズムの社会基盤となり、戦後の復興とその後の高度経済成長期にも活躍したこの階層の男性のもつ女性憎悪がまだ変革されず、〈大衆〉の名で温存されつつ、少年漫画やビデオ文化の送り手として多くの若者に影響を与えつづけていることを考えるとき、岡本かの子の先見性に驚かされる。

しかし復一は真佐子の「あはれさ」を理解してはいるものの、まだ「崖邸の親子」への反撥から自由になり切っていない。またかれの研究は、なお全面的に鼎造の事業欲と支配の下にある。鼎造は復一の学費を出して金魚の研究への道を進ませた崖邸の主人であり、少年の復一を「他所《よそ》の雄」扱いしてかれを怒らせた男である。鼎造を復一の家父長とすれば、復一の金魚づくりへの覚悟は、まだ家父長の支配下にあることになる。

そのことを証するかのように、金魚の遺伝と生殖に関する復一の研究は、「神経衰弱が嵩じて、すこし、おかしくなつて来たといふ噂」が高まるほど、嗜虐的なものだ。

辺りが森閑と暗い研究室の中で復一は自分のテーブルの上にだけ電燈を点けて次から次へと金魚を縦に割き、輪切にし、切り刻んで取り出した臓器を一面に撒乱させ、ぢつと拡大鏡で覗いたり、ピンセツトでいじり廻したりして深夜に至るも、夜を忘れた一心不乱の態度が、何か夜の猛禽獣が餌を予想外に沢山見付け、喰べるのも忘れて、暫く弄ぶ恰好に似てゐた。切られた金魚の首は電燈の光に明るく透けてルビーのやうに光る目を見開き、口を思ひ出したやうに時々開閉してゐた。

復一はこのような研究によって衰弱した身体を、研究所で飼っている名品の金魚キャリコと同じ身

体のひねり方をすることによって回復させる。それをまた宿直の小使に気味わるがられる。(7)

このあたりの復一の金魚との関係は、少年時代の加虐的な真佐子いじめの拡大反復といえるもので、復一と真佐子、復一と金魚との長い関わりの歳月のなかの、いわば〝底〟を形づくっている。そこでは「弄ぶ」「征服欲さへ加わつて」という人間関係、男女関係における最悪の言葉さえ使われている。復一はこの底から、どのようにたち直っていくのだろうか。

関東大震災後も鼎造の命令で関西にとどまっていた復一は、研究論文も完成しないまま、鼎造に呼びよせられて四年ぶりに東京に戻ってくる。中途退学の形になり教授にも惜しまれたのだが、復一の心には前とは少しちがった心理が生まれていた。以前は「真佐子の望みのために」美しい金魚をつくろうとしていたのだが、次第に真佐子を髣髴させるような金魚を創造したいと願うようになるのだ。

早くわが池で、わが腕で、真佐子に似た撩乱の金魚を一ぴきでも創り出して、凱歌を奏したい。これこそ今、彼の人生に残つてゐる唯一の希望だ、(略)彼は到底現実の真佐子を得られない代償として殆ど真佐子を髣髴させる美魚を創造仕度いといふ意欲がむしろ初めの覚悟に勝つて来た。漂渺とした真佐子の美——それは豊麗な金魚の美によつて髣髴するよりほかの何物によつてもなし得ない。

ここに至って、復一のなかで真佐子と金魚とはほとんど一体化をとげる。鼎造は鯉と鰻の養殖にも手を出していて、復一をその方の仕事にまわそうとするが、かれは言下にことわる。そして「僕には最高級の金魚を作る専門の方をやらせて下さい。これなら、命と取り換へつこのつもりでやりますから」といい、鼎造に「面白い。やり給へ」といわせてしまう。ここで、作者は鯉と鰻という別の淡水魚をわざわざもち出して、それを復一にはっきり否定させることで、かれの金魚への専一な意志を際立たせている。復一（一に復る）という命名は、ここからきたのだろう。[8] それとともに鼎造という家父長の意向に逆らい、その意志を変えさせてまで自分の意志をつらぬく復一の執着のつよさと、家父長からの精神的独立が示されている。しかしそれは同時に、かれ自身が金魚＝愛人創造によって「凱歌を奏する」、つまり新たな家父長になる道だということが、次第に明らかになっていくのである。

そのあとの復一が真佐子と会う場面では、かれはまたもや真佐子に「気合ひ負け」を感じてしまう。二人は真佐子の夫をめぐって話を交わすが、かれは「逢つて見れば平凡な彼女に力抜けを感じ」る。

どうして自分が、あんな女に全生涯までも影響されるのかと、不思議に感じた。薄暗くなりかけの崖の道を下りかけてゐると、晩鶯が鳴き、山吹がほろ〳〵と散つた。復一はまたしてもこどもの時真佐子の浴せた顎の裏の桜の花びらを想ひ起し、思はずそこへ舌の尖をやつた。何であらうと自分は彼女を愛してゐるのだ。その愛はあまりに惑つて宙に浮いてしまつてるのだ。（略）やつぱり手慣れた生きもの、金魚で彼女を作るより仕方がない。復一はそこからはる〴〵眼の下に見える谷窪の池を見下して、奇矯な勇気を奮ひ起した。

桜の花びらが現れる四度目の場面であり、復一の金魚創造への執念が、真佐子という愛の対象さえあきらめて、「自分の愛人を自分の手で創造する」というところまで、さらに一歩進むところである。真佐子はあくまでも自由であり、かれの愛（所有）の〈対象〉にはならないのだ。谷窪の家の庭にはささやかながらコンクリート造りの研究所が建ち、新式の飼育プールができている。かれは親類や友人づきあいもせず一心不乱にそこに立てこもる。

そのあと、湖畔の試験所の「中老美人のキヤリコ」が復一の気になってくる場面がある。しかし復一は、「あんな旧いものは見殺しにするほどの度胸がなければ、新しいものを創生する大業は仕了はせられるものではない」と考えて、キャリコが粗腐病にかかって身体が錆だらけになり、喘ぐことさえできなくなって水面に臭く浮いている姿を、秀江の姿と重ねあわせて想像する。(9) かれが切なく喉元につき上げてくる「熱いもの」を抑えつけて、「おれは平気だ」とつぶやくとき、それはかれが秀江に象徴される生身の女と、自分の性の欲望を断念することを表している。かれはすでに鼎造に、「僕は家内も要らなければ、子孫を遺す気もありません」と断言している。復一にはもう真佐子そのものである新種の美しい金魚を創り出すことのほか、人生の目的はのこされていない。退路は断たれているのだ。

3　復一の死と再生

復一は親魚の詮索にかかるが、その翌年の春、金魚は「己に堪へないやうな」交尾期の性をかれの前に現してくる。

それを見て復一も、「ほんのり世の中にいろ気を感じ」るのだ。金魚の性と対比するかのように、老年に達して人並の結婚を復一に望む養母と、色っぽい萩江節をうなる養父宗十郎の姿が描かれる(10)。養父は昔の萩江節の師匠に戻りたがっている。「執着の流れを覚束なく棹さす一箇の人間が沁々憐れに思へた」というところからは、復一の人間的な成長が感じられる。かれもまた、自分の執着から自由になろうとしているのだ。

その次のシーンは、復一が金魚の雌の産卵と雄の射精を見てわれ知らずひざまずいて祈り、生命へのいとおしみと「男ながら母性の慈み」を感じる、重要なところである。


遂に免れ切れなくなつて、雌魚は柳のひげ根に美しい小粒の真珠のやうな産卵を撒き散らして逃げて行く。雄魚等は勝利の腹を閃めかして一つ一つの産卵に電撃を与へる。

気がついてみると、復一は両肘を蹲んだ膝頭につけて、確く握り合せた両手の指の節を更に口にあて丶きつく噛みつ丶、衷心から祈つてゐるのであつた。いかにさ丶やかなものでも生がこの世に取り出されるといふことはおろそかには済まされぬことだ。復一のやうに厭人症にか丶つてゐるものには、生むものが人間に遠ざかつた生物であるほど緊密な衝動を受けるのであつた。まして、危惧を懐いてゐた異種の金魚と金魚が、復一のエゴイスチックの目的のために、協同して生を取り出して呉れるといふことは、復一にはどんなに感謝しても足りない気がした。

休養のために、雌魚と雄魚とを別々に離した。そして滋養を与へるために白身の軽い肴を煮てゐると、復一は男ながら母性の慈しみに痩せた身体も一ぱいに膨れる気がするのであった。

復一はすでに「木人のやう」になっているが、ここでは「男ながら母性の慈み」を身体一ぱいに感じることによって、ほとんど母性的な存在に近づいている。しかしその年に孵化した仔魚は、「媚び過ぎて、下品なもの」であった。復一の目的は、まだまだ実現されそうもない。

これを二年つづけて失敗した復一は、親魚からしてまちがっていたことに気づく。かれの望む美魚は「童女型の稚純を胴にしてそれに絢爛やら媚色やらを加へねばならら」ず、それには原種の蘭鋳から仕立て上げる以外ない。「復一のこころに、真佐子の子供のときの蘭鋳に似た稚純な姿が思ひ出された。」ようやくここで、復一の金魚＝真佐子創造の仕事は、「まるで、金魚の蘭鋳だ」と宗十郎にいわれていた真佐子の少女時代に戻ってくる。〈母として少女の真佐子を育てる〉というモチーフが、ここに現れている。しかし復一の心には、まだ「強いて」燃やし立てた支配欲や闘志がのこっている。

しかし、彼は弱る心を奮ひ立たせ、一旦真佐子の影響に降伏して蘭鋳の素朴に還らうとも、もう一度彼女の現在同様の美感の程度にまで一匹の金魚を仕立て上げてしまへば、それを親魚にして、仔に仔を産ませ、それから先はたとへ遅々たりとも一歩の美をわが金魚に進むれば、一歩のわれの勝利であり、その勝利の美魚を自分に隷属させることが出来ると、強いて闘志を燃し立てた。

「降伏」「仕立て上げる」「勝利」「隷属」などの言葉が、復一の最後の支配欲と男性優位主義《マチズム》を表している。かれは美事な蘭鋳の親魚を関西からとり寄せて、来るべき交配の春を待つ。「蘭鋳は胴は稚純で可愛らしかつた」という言葉が、この親魚と真佐子との類縁関係を示している。「が顔はブルドッグのやうに獰猛で、美しい縹緻の金魚を媒けてまづその獰猛を取り除くことが肝腎だつた。」

このあと前後に一行ずつあけて、真佐子が復一から見えるロマネスクの茶亭に夫と二人でいることにうしろめたさを感じて、「あの人まだ独身なんですもの」といい、「君もその人と結婚したらよかつたんだらう」と夫からいわれる場面がある。真佐子は「あたしは、とても、縹緻好みなんですわ」といって夫の嫉妬をかわすが、ここは彼女が復一の男性としての性を気づかう唯一の場面である。また「眼は神経質に切れ上り、鼻筋が通つて、ちよつと頬骨が高く男性的の人体電気の鋭さうな、美青年の紳士」である夫は、復一が真佐子に似た親魚に媒けようとしていた「美しい縹緻の金魚」を思わせる。まるで崖下の復一が崖上の夫婦を操っているようだ。崖上の自営的ブルジョワジーは凋落しつつあり[11]、崖下の小市民と現実界での力関係を逆転させようとしているのだ。

このころから小説の終わりまでに、十四年の月日が経っている。少女の真佐子が女として成熟するに充分な歳月である。

翌年、鼎造の事業は主として春の金融恐慌によって困難に陥り、復一の研究費は三分の一にけずられる。一九二七（昭和二）年三月の金融恐慌のことだろうか。そのことを宗十郎から聞いた復一は、番《つがい》の蘭鋳に冬越しの仕度をしていて、「不恰好なほどにも丸く肥えて愛くるしい魚の胴が遅々として進む」のを見、「生ける精分を対象に感じ、死灰の空漠を自分に感じ、何だか自分が二つに分れたもの、やうに想へて面白い気」がする。そしてかれは久しぶりに、宗十郎がびっくりするほどの声をあげて笑う。「枯々飄々」となっていた復一は、確かに若返っているのだ。真佐子と復一との非現実界での結婚＝合体がどこかに書きこまれているとすれば、それは「生ける精分」という言葉が現れるこの場面ではないかとわたしは考える。

このあとふたたび前後を一行ずつあけて、真佐子が登場する最後のエピソードが置かれている。真佐子が女詩人藤村女史に、部屋をロココに装飾しかえようという話をする場面である。彼女が女詩人という非現実的な人種からさえ、人工的すぎる、「趣味として滅亡の一歩手前の美ぢやなくて」と苦り切っていわれるところだ。先に述べたバロック様式と金魚との密接な関係を考えれば、真佐子がバロック趣味から離れるということは、金魚への執着から離れることを意味している。彼女の生への執着はうすくなり、生の分裂や不和から自由になっているのだ。非現実界での結婚が終わったからだ、と考えることもできる。ロマネスクの茶亭での二つのエピソードは、復一がかつてあれほど反撥した崖上の世界が次第に現実性を失っていくことを示すかのように、作品の中空に浮かんでいる。[12]

次の「失敗の十年の月日」のあいだに、鼎造は死んで真佐子の夫が事業を切りつめて踏襲し、「狆の様な小間使に手をつけて、妾同様にしてゐるといふ噂」が伝わった。復一の研究費は断たれ、かれはまったく孤立無援の研究家となった。宗十郎は死んで、萩江節教授の札もはずされた。しかし真佐子はいよいよ「中年近い美人として冴え返つて行く。」

昭和七年の晩秋の大暴風雨で、復一はせっかく仕立て上げた種金魚の片方を流してしまう。十年の中秋の豪雨でもほとんど流しかけ、復一はそれ以来秋になると不眠症にかかって催眠剤なしには眠れなくなってしまう。このような秋の一夜、運命的な事態が起こるのである。

夜中から降り出した雨に、復一は脅えて何度も起き上がろうとするが、薬を飲んでいるため起き上がれない。ようやく明け方近くに起き上がった復一の目に、はじめは特別な異常は映らない。念のためにかれはプールの方へ行く。

プールが目に入ると、復一はひやりとして、心臓は電撃を受けたやうな衝動を感じた。小径の途中の土の層から大溝の浸み水が洩れ出て、音もなく平に、プールの葭簾を撫で落し、金網を大口にぱくりと開けてしまつてゐる。プールに流れ入つた水勢は底に当つて、そこから弾き上り、四方へ流れ落ちて、プールの縁から天然の湧き井の清水のやうに溢れ落ちてゐた。

復一が覗くと、底の小石と千切られた藻の根だけ鮮かに、金魚は影も形も見えなかつた。（略）年来理想の新種を得るのにまだ〳〵幾多の交媒と工夫を重ねなければならない前途暗澹たる状態であるのに、今またプールの親金魚をこの水で失くすとすれば、十四年の苦心は水の泡になつて、元も子も失くしてしまふ。復一は精も根も一度に尽き果て、洞窟のやうに黒く深まる古池の傍にへた〳〵と身を崩折らせ、暫く意識を喪失してゐた。

これまでの復一は、ここで一度死んだと考えることができるだろう。崖邸の娘真佐子を愛し、その愛や支配欲や嫉妬を、「自分の愛人を自分の手で創造する」金魚づくりの使命へと昇華させてきた復一は、死んだのである。次に現れる復一は新しく生まれ変わった復一であり、再生した復一である。かれの目に、すべての自然は新鮮に、生命に満ちて、自由に映る。天地が薔薇色に明け放たれ、初秋の太陽が昇るまでの短い時間のなかに、かれは甦る。

何といふ新鮮で濃情な草樹の息づかひであらう。緑も樺も橙も黄も、その葉の茂みはおの〳〵その膨らみの中に強い胸を一つゞゝ蔵してゐて、溢れる生命に喘いでゐるやうに見える。しどろもどろの叢は雫の露をぷる〳〵振り払ひつゝ、張つて来た乳房のやうな俵形にこんもり形を盛り直してゐる。（略）

もろ〳〵の陰は深い瑠璃色に、もろ〳〵の明るみはうつとりした琥珀色の二つに統制されて来ると、道路側の瓦屋根の一角が匇ち灼熱して、紫白の光芒を撥開し、そこから縒り出す閃光のテープを谷窪のそれを望むもの〳〵に投げかけた。

鏡面を洗ひ澄ましたやうな初秋の太陽が昇つたのだ。小鳥の鳴声が今更賑はしく鮮明な空間の壁絨をあつちへこつちへ縫ひつゝ飛ぶ。

復一は真佐子にたいする反感、反抗心、嗜虐性、男性優位の意識、その裏返しとしての卑屈さ、征服欲などから一歩一歩自分を自由にし、鼎造の家父長的な支配からも、ついには男としての性的欲望や子孫への願望、また男性性そのものからも解き放たれて、少女の真佐子そのものである蘭鋳を育てあげる境地にまで至っていたのだが、まだかれには真佐子に影響されていることの多い自分への口惜しさや、強いて燃やし立てた支配欲や闘志がのこっていた。しかしプールの親金魚を出水で失くし、「十四年の苦心は水の泡になつて」しまったのではないかという怖れのなかで、かれの自我は完全に打ち砕かれ、死に、「たゞ一箇の透明な観照体となつて、何も思ひ出さず、何も考へず、たゞ自然の美魅そのまゝを映像として映しとゞめ、恍惚そのものに化し」た境地に到達する。

その復一の次第に意識のはっきりしてくる目に、「すぐ眼の前の古池が、今始めて見る古洞のやうに認められて来た。」それは、かれが出来損じの名魚たちを売ることも嫌い、逃すこともできずに十数年間捨て飼いに飼っておいた古池で、金魚たちは宗十郎夫婦の情でときどき餌を与えられていたが、その死後は、誰にも顧みられずに池の藻草や青みどろで生きつづけてきたのだった。「この池の出来損ひの異様な金魚を見ることは、失敗の痕を再び見るやうなので、復一は殆どこの古池に近寄らなかった。ときぐ\は鬱々として生命を封付けられる恨みがましい生もの丶気配ひが、この半分古菰を冠つた池の方に立ち燻るやうに感じたこともあるが、復一はそれを自分の神経衰弱から来る妄念のせゐにしてゐた」。

しかし復一が「十余年間苦心惨憺して造らうとして造り得なかつた理想の至魚」が育っていたのは、この古池の古菰の下の金魚たちのあいだからだったのである。

……見よ池は青みどろで濃い水の色。そのまん中に撩乱として白紗よりもより膜性の、幾十筋の皺がなよ〳〵と縺れつ縺れつゆらめき出た。ゆらめき離れてはまた開く。大きさは両手の拇指と人差指で大幅に一囲みして形容する白牡丹ほどもあらうか。それが一つの金魚であつた。その白牡丹のやうな白紗の鰭には更に菫、丹、藤、薄青等の色斑があり、更に墨色古金色等の斑点も交つて万華鏡のやうな絢爛、波瀾を重畳させつゝ、嬌艶に豪華にまた淑々として上品に内気にあどけなくもゆらぎ拡ごり拡ごりゆらぎ、更にまたゆらぎ拡ごり、どこか無限の遠方からその生を操られるやうな神秘な動き方をするのであつた。

金魚と真佐子とは別々の存在だが、共に無限性を宿した半天上的な存在様式をもっている。復一の「胸は張り膨らまつて、木の根、岩角にも肉体をこすりつけたいやうな、現実と非現実の間のよれ〳〵の肉情のシヨツクに堪へ切れないほど」になるが、次第にその肉情は「いよ〳〵超大な魅惑に圧倒され、吸ひ出され、放散され、やがて、ただ、しんと心の底まで浸み徹つた一筋の充実感に身動きも出来なくな」る。

「意識して求める方向に求めるものを得ず、思ひ捨てゝ放擲した過去や思はぬ岐路から、突兀として与へられる人生の不思議さ」が、復一の心の底に閃くが、かれはすぐに、その金魚を正面から見ることになる。

一度沈みかけてまた水面に浮き出して来た美魚が、その房々とした尾鰭をまた完全に展いて見せると星を宿したやうなつぶらな眼も球のやうな口許も、はつきり復一に真向つた。

「ああ、真佐子にも、神魚華鬘之図にも似てない……それよりも……それよりも……もつと美しい金魚だ、金魚だ」

失望か、否、それ以上の喜びか、感極まつた復一の体は池の畔の泥濘のなかにへた〱とへたばつた。復一がいつまでもそのまゝ肩で息を吐き、眼を瞑つてゐる前の水面に、今復一によつて見出された新星のやうな美魚は多くのはした金魚を随へながら、悠揚と胸を張り、その豊麗な豪華な尾鰭を陽の光に輝かせながら撩乱として遊弋してゐる。

4　異形なものたちの変身の場所

『金魚撩乱』は、ここで終わる。金魚は復一によって創られたのではなく、「復一によつて見出された」のだ。復一は真佐子を髣髴させるような金魚を創造したいと願ったが、見出された金魚は真佐子にも、かれが郡山の古道具屋で見つけ、額に入れて壁にかけていた「神魚華鬘之図」にも似ていない、もっと美しい金魚であった。理想の金魚は復一の意識の外、管理の外、創造行為の外で生まれ、育ち、見出されたのだった。このことはなにを意味するのだろうか。

わたしは岡本かの子の『母子叙情』『河明り』『家霊』などを考察した(13)結果、かの子の作品において、釣師というもののもつ特別の意味と寓意性《アレゴリー》に気がついた。釣師、それも池や釣堀や生洲から魚を釣り上げる釣師は、かの子の小説のなかで、家父長のアレゴリーとしての明確な意味をもっている記号表現なのである。そして釣り上げられて生洲に飼われる魚は、女、それも家父長制家族のなかに閉じこめられた妻を表している。

『金魚撩乱』は前記の三作品より前に書かれたものだが、復一という金魚飼い、金魚つくりが、かの子のシンボルとアレゴリーの体系の枠外にあるとは考えられない。かれが金魚つくりである以上、どんなに家父長制や男性優位社会での男性性から自由になったとしても、「自分の愛人を自分の手で創造する」願いそのもののうちに、家父長の、この社会での男性性の、そして釣師の本質はひそんでいるのだ。岡本かの子が復一を一度死なせ、かれの意図の外、かれの管理する飼育プールの外で、「出来損ひとして捨てて顧みなかつた金魚のなかのどれとどれとが、何時どう交媒して孵化して出来たか」わからないものとして理想の金魚を出現させたことのうちには、家父長制への、そしてこの社会での男性性への、徹底した批判と否定がこめられている。理想の金魚は復一が苦心惨憺してつくり出した親金魚からさえ、遠くはなれたところで生まれたらしいのである。(14)「失望か、否、それ以上の喜びか、感極まつた復一の体は池の畔の泥濘のなかにへたへたとへたばつた」という表現にはユーモアがあり、かの子の哄笑さえ聞えてくるようだ。その復一の前を、「美魚は多くのはした金魚を随へながら、悠揚と胸を張り、その豊麗な尾鰭を陽の光に輝かせながら撩乱として遊弋してゐる」が、復一は「いつまでもそのまゝ肩で息を吐き、眼を瞑《つぶ》つてゐる」ため、その最高の姿を見ることはできない。

ベンヤミンの『ドイツ悲劇の根源』の公刊以来、バロック芸術におけるアレゴリーの問題が浮上し、シンボルに比しておとしめられてきたアレゴリーの重要性が注目されているが、岡本かの子は日本の作家のなかでは、この問題をめぐって論じられるにもっともふさわしい作家だといえるだろう。

近代文学において、寓喩《アレゴリー》は象徴《シンボル》や暗喩《メタファ》にくらべて一貫して否定的な評価をくだされてきた。その理由は、『箴言と省察』に収められたゲーテの次の言葉に端的に表現されている。

詩人が普遍に対する特殊を求めるか、あるいは、特殊のうちに普遍を見るかは大いに異る。前者からはアレゴリーが生れる。その場合、特殊は一例、普遍の一例にすぎない。後者の方が、実はしかし、文学の本質をなしている。それは、普遍を考えずに、またそれを指示することなしに、特殊を言いあらわす。この特殊を生き生きと捉えた人が、それと知らずに、あるいは後になって初めて知るのだが、同時に普遍を手に入れるのである。

「特殊を生き生きと捉えた人が……同時に普遍を手に入れる」という考えは、個人の現実感覚に則した表現を尊ぶ近代文学において指導的な役割を果たしてきた。それは人間の内部とその表現（外部）がつながっている、つながりうるという考えにもとづいている。シンボルやメタファでは、内部と外部（比喩するものと比喩されるもの）がつながっている。シンボルにおいては両者が完全に一体化しているため、その対象は直観によってとらえられるし、メタファにおいても両者は類似や照応によってつながっている。しかしアレゴリーでは、外に表れているものは内部の実質とは少しも照応しない。したがって読む者は直観によってそれをとらえることができず、「その意味をたずねて諒解することが必要になる。」[15]「アレゴリーはシンボルのように意味と形、内と外との緊密な一致を必要とせず、動機と表現とがずれていて当り前」であり、「内と外は乖離していてむしろ当然なのだ。」しかしそれは伝達の能力や意志を欠いていることとはまったく異なり、「内面（沈黙、完全な無）に対する強迫観念に支配され、促されて出現している限りにおいて、内面と切っても切り離せない関係にある」ことも事実なのだ。

ベンヤミンはいう。「象徴においては、没落の美化とともに、変容した自然の顔貌が、救済の光のもとで、一瞬その姿で現わすのに対して、寓意においては、歴史の死相が、凝固した原因系として、見る者の目の前にひろがっている。歴史に最初からつきまとっている、すべての時宜を得ないこと、痛ましいこと、失敗したことは、一つの顔貌――いや一つの髑髏の形をとってはっきり現れてくる。」[16]アレゴリーは「救済の道がすべて閉ざされているのが見える」ような「堕落した自然と被造物」の世界のなかで、窮地に追いこまれたところから生まれてくる比喩であり、それをあえて読みとる者もまた、「救済の道がすべて閉ざされているのが見えるからこそ、救済を求めねばならないと熱望する」読者なのである。救済という言葉を希望とおきかえてもいい。

岡本かの子の用いる比喩表現はシンボルと呼ぶにふさわしい河や海から、アレゴリーとしかいいようのない生洲や釣師まで、広く分布している。しかもメタファとして使われることの多い魚や植物の比喩が、彼女においてはしばしばアレゴリーとして使われるという特徴をもっている。かの子が釣師＝家父長の未来にどんな可能性も救済も見出していなかったことは明らかだ。そこでは「歴史の死相」が「一つの髑髏の形をとってはっきり現れて」いるのだ。しかし釣師に比べて金魚つくりは、真佐子がいうように「生きものといふ生命を材料にして」いるだけ、生命から学ぶ機会があり、救済される可能性をもっている。堕落した自然と人間が、死と復活・再生を通してたち直る可能性である。『金魚撩乱』はまさに男性の生命からの学習と救済の物語として読むことができるテクストなのである。

最後に、古池の比喩について考えておきたい。宗十郎夫婦に「金魚の姥捨て場」と呼ばれていたこの古池が、岡本かの子の小説によく出てくる「生洲」の一種であることは、明らかだろう。姥捨て場という呼び名からも、それはわかる。そこでは金魚たちは「捨て飼いに飼つて」おかれ、いまでは餌も与えられていない。そこにいるのは「出来損ひの異様な金魚」であり、「鬱々として生命を封付けられる恨みがましい生きものの気配ひ」が立ち燻るのがときどき感じられるところである。家父長の創造行為の「失敗の痕」であり、かれが出来損いとして打ち捨てて顧みなかったものの生きるところなのだ。それは復一の飼育プールの外にあるが、そこより自由でもなければ、外界に開かれてもいない。コンクリートと金網で閉ざされ、普段は古菰におおわれて光もはいらない。生洲よりもさらにおとしめられ、打ち捨てられた美女の牢獄なのだ。岡本かの子はこのような閉ざされたところに「理想の至魚」への変身の場所を置いた。それはかぎりなく、家父長によって打ち捨てられた家、あるいは崩壊した家庭と呼ばれる場所に近い。

しかしこれらの出来損いという烙印を押された金魚たちは、青みどろや藻を食べて育ち、復一の技術や管理の行きとどかないところで、自然の節理にしたがって、「まだこの世の中に曾て存在しなかつたやうな珍しく美麗な金魚」を生み出したのである。ここには家父長制社会の陰に生きる女たちの異形性、おぞましさ、怪物性が逆説的で能動的な形で表現されている。見出された金魚はこの上なく美しいが、ひそかに怪物性を裏打ちされており、女の「怪物としての自己」[17]として、バロック的作品『金魚撩乱』にふさわしく、よくも悪くも本質的に〈過剰〉なものなのである。

注

（1）『現代政治の思想と行動』未来社、一九六四年

（2）『青鞜』二巻一〇号（一九一二年十月）に掲載された人見直の小説『僂』に、仲間からいじめられている僂《せむし》の少年が少女に会ったとき、「少年はもつと何か云はふとしたが、濡れ萎れた椿の花びらが上顎にぺたりと吸ひ付いて居るやうでこれだけしか言へなかつた」という表現がある。この場合の花びらは、比喩として使われている。次号から『青鞜』の社員になり数多くの短歌を発表するようになる岡本かの子が、この小説を読んでいなかったとは考えられない。少年が少女に会ったときの椿の花のイメージが、後年『金魚撩乱』の桜の花びらのヒントになったのだろう。この作品にふさわしい様式的な使い方がされている。

（3）「仏教の新研究」一九三二年夏、大阪放送から連日五日間に亘って講和した原稿に加筆し、さらに人に浄書させたもの。『岡本かの子全集』第十巻、冬樹社、一九七五年、所収。

（4）十七世紀と十八世紀はじめのヨーロッパの非古典的な、直接感覚に訴えるつよい美しさと感情の表出をも

とめ、絵画的、演劇的で動感に満ちた様式をさす。十六世紀にフランスにはいってきたポルトガルの「でこぼこ真珠《ペルルオーコ》」が「異様な、不格好な」という形容詞に転化し、十八世紀後半になって、十七世紀の芸術を不均衡、不合理、過度、異様の芸術的頽廃現象と見る、非難と嘲笑の意味をこめた様式概念となった。しかし今日では、バロック様式はルネッサンス様式とは別個の価値基準をもつ独自な様式であることが認められている。この様式の特徴である「過剰」と、かの子作品にいわれる「過剰」との関連については、宮内淳子の興味深い指摘がある（「美魚の来歴――『金魚撩乱』」、『岡本かの子――無常の海へ』所収、武蔵野書房、一九九四年）

（5）川村二郎『アレゴリーの織物』講談社、一九九一年参照。

（6）「普通、世間でいうところの『空』は、何も無いとか、或は失くしてしまつた状態を指すのですが、仏教の方で使う『空』という字は、そういう意味ではなく執着せぬとか、こだわらぬとか或は自由さとかいう意味を現わして居るのであります」（「総合仏教聖典講話」一九三四年）、「要するに、この『空』の思想はそれによつて今迄わたくしたちが持つていた既成の概念や因習に捉われた見方をすつぱり拭《ぬぐ》い去り、白紙の状態で赤裸々な事実に直面させよう為めの手段でありました」（「仏教のデッサン」一九三三年）。ともに前掲『岡本かの子全集』第一〇巻所収。

（7）岡本かの子には〈金魚に於ては泳ぐ事が取りも直さず身体に嬌姿《しな》をつくる事なのである。／それゆえ金魚の嬌姿は厭味がない〉ではじまる六行の詩のような断章がある。金魚の自然な姿態の模倣は復一の衰弱を回復させるが、それは厭味があるため「気味わる」いのだ。

（8）「二」とは、金魚であり真佐子である非在の存在であろう。また復一の名には、のちに述べる復一の復活・再生のイメージもこめられていると考えられる。

(9) 秀江という名前には、秀でた江(江はここでは女性性器の隠喩か)という意味のほかに、「ひでえ」という音《おん》がこめられている。作者がこの女性を真佐子と対等な位置に立つ女性人物として造形していないことは、この名前からも明らかだ。

(10) 宗十郎夫婦は三、四代つづいているというこの家の夫婦養子で、「家来筋の若者男女だつた」という設定になっている。復一はこの宗十郎から金魚づくりの家の伝統を受けついだが、かれと宗十郎とのあいだには血縁関係や家父長制的関係はない。

(11) ファシズム期に没落したのは鼎造のような自立的・自営的なブルジョワジーであって、独占資本ではない。二・二六事件(一九三六年)以後、財界首脳は統制経済による総力戦体制が避けがたいことを認識し、急進分子(皇道派)を抑圧した陸軍中央と積極的に結合して「軍財抱合体制」をつくり上げた。これが事件以後「上からのファシズム」を押し進めていくことになる。

(12) 一七一五年ごろから七〇年ごろにかけてのヨーロッパ美術の様式段階をロココという。ロココは先行するバロックの愛好した不整形や流動的な造形要素を継承しているが、バロックのあふれるような生気、荘重な重圧感などは、洗練されたみやびやかな遊戯的情調に移行し、美麗繊細な王朝風に変わった。

(13) 本書「生命《いのち》の河——『母子叙情』から『河明り』へ」および「家父長制と女の〈いのち〉——『家霊』について」参照。

(14) 「童女型の稚純」の胸をもった親金魚と復一の「生ける精分」との合体が非現実界で起こったとすれば、昭和七年に復一が逃してしまった親金魚の片方はまちがいなく雄であろうから、出現した美麗な金魚と真佐子・復一とのあいだには非現実界での〈血縁関係〉があることになる。しかしテキストはその辺のことをほとんどぼかしている。

(15) 川村二郎前掲書。以下のカッコ内も同じ。この前後のアレゴリーについての記述は、本書から多くの示唆を得ている。

(16) ヴァルター・ベンヤミン『ドイツ悲劇の根源』川村二郎・三城満禧訳、法政大学出版局、一九七五年

(17) バーバラ・ジョンソン「わたしの怪物／わたしの自己」(『差異の世界』第十三章、大橋洋一ほか訳、紀伊國屋書店、一九九〇年)参照。

母性の闇を視る——先端生殖技術から岡本かの子まで

1　母性のゆくえ

アフリカのある社会では、悪い母はなんでも呑みこんでしまうひょうたんに、良い母は樹にたとえられるという。

呑みこむひょうたんというシンボルは、多くの文化が原型にもつグレート・マザー（太母）のイメージを思い浮かべればほぼ諒解できるが、樹というシンボルはなにを意味するのだろうか。

アフリカの文学作品を読むと、日陰というイメージが重要な位置を占めているのに気づく。アフリカのように太陽の熱射のきびしい土地では、太陽のイメージそのものが日本のように温和で豊かな内容をもたず、しばしば苛酷、苛烈といった表象で表されることさえあるのだが、南アフリカの詩人マジシ・クネーネによれば、日陰はその強烈な太陽の熱射から人間を守ってくれるものとして、大切なものだったという。日陰は人びとがその下で会議をひらき、旅人をいこわせ、哲学者を思索させ、詩人に創造の泉を与えるものとして、文学のなかで重要な位置を占めているのである。

その大切な日陰をつくるのが樹であるとすれば、アフリカの人たちが良き母のシンボルとして樹を考えたことの理由がわかってくる。ひょうたんに呑みこまれた子どもは二度とこの世に戻ってくることはできないが、樹の下ではぐくまれた子どもはやがて世に出て学び、働くことができる。疲れた子どもはいつでも樹陰に戻ってきていこい、ふたたび生気をとり戻すことができる。樹の下にはその母の子だけでなく、近隣の子どもやよその子どもも寄ってきて生きることができるのだ。ひょうたんは子どもを束縛し、閉じこめ、ついには死に至らしめるが、樹は子どもを束縛せず、閉じこめもせず、子どもを殺さずに、生かすのだ。

良い母と悪い母についてのこのようなシンボルをもったアフリカの文化は、母性というものについてのはっきりした観念、つまり母性の具体的な在り方についての価値判断の基準をもった文化だと思う。

この話をあるところでしたところ、最近まで福祉関係の職場でカウンセリングの仕事をしていた一人の中年過ぎの男性が、それは素晴らしい文化だと思う、といって話しはじめた。その人の相談室では、相談にきた子どもにユングの心理学を応用して樹の絵を描かせることがあるという。切り株の絵や、太い枝がばっさり切り落されている絵などは、その子どもが幼時に受けてまだ癒されていない心の傷口を表していることが多いようだ。この場合は母親との関係だけが表れているわけではないが、いわゆる問題行動を起こしている子どもに接していると、かれらがつよい母親によって呑みこまれてしまったり、呑みこまれそうになっていると感じることが多いという。

人間の赤ん坊がまったく無力な状態で母親の胎内から生まれてきて、主に母親の手で育てられていることを考えると、人間の下意識の有りようの形づくられる幼年期の子どもと母親との結びつきのつよさとその結果は、おそろしく、また哀しいほどのものがあるように思われる。

幼年期ばかりでなく、人間はまるまる九カ月ものあいだ、母親の胎内で胎児としての期間を過ごすのだ。高い知能と鋭敏な感性をもった人間の胎児が、そのあいだになんの影響も受けないとは考えにくい。人間の子どもは人間としてもまた哺乳類としても、母親とのつよい結びつきをもっていることを否定することはできない。

しかしこれは、主として子どもの側に立って見たときの見方である。女性の側に立って見るとき、同じ現実はちがった様相を呈してくる。ことに現代は、子どもにとっての母性の重要性というこの事実を盾にして、女性たちが母性を失っていると社会から圧力をかけられている時代であり、〝母原病〟という先年大いに流行《はや》った言葉がこの圧力を端的に表現している。一方生殖科学技術の方では、人間を哺乳類であることから、〝解放〟しようとする試みさえおこなわれているのが現代という時代であり、そうしたなかで人間の母性は、マイナスから無限大までのすべての記号を付与されて、翻弄されているといってもいい過ぎではないだろう。

近年、いわゆる生殖技術の発達にともなって、体外受精はもちろんのこと、受精卵の凍結保存が可能になり、最近、日本でも凍結受精卵によるはじめての赤ちゃんが双子で生まれた。世界中ではすでに何万人もが同じ方法で生まれ、アメリカでは他人夫婦の受精卵を自分の子宮で育てる〝借り腹（貸し腹）〟、他の女性の夫の精子を自分の卵子と結合させて子どもを産む〝代理母〟などが現実化している。そしてその生殖細胞の所有権や、生まれた子どもの親権が裁判で争われるような事態になっているのだ。まったく同じ遺伝子をもつ〝クローン人間〟の製造も、技術的には可能だという。家畜のために、家畜を材料として、近代の自然科学が実験室で進めてきた研究はすべて人間に応用可能であり、次には人工子宮による人間の完全な体外出産が目標にされているらしい。

ところで体外受精からはじまったこれらの先端生殖技術が、避妊や妊娠中絶といった従来の生殖技術と根本的に異なる点、人工受精からさえも区別される点は、卵子を女性の体の外に出すという点にある。これはもともと体外に出ることによって使命を果たす精子の場合とちがって、簡単なことではない。月に二週間以上の通院検査、複数の卵子をとり出して受精率を高めるための排卵剤の摂取、排卵が起こったときの入院、検査、そして最後に長い針を子宮に刺しての採取とつづき、しかもその成功率はわずか8―10パーセントくらいのものだという（グループ・女の人権と性編著『ア・ブ・ナ・イ生殖革命』有斐閣選書）。

もともと欧米の人たちには先端生殖技術にたいする拒否反応が少ないのだが、女性の職業生活にとって妊娠、出産、育児が負担でありマイナスであるということから、それを解決するためにこの技術の発達を歓迎するフェミニストも、欧米には少なくない。アメリカのファイアーストーンがその代表といえるだろう。しかし月に二週間以上の通院、入院、検査、採取というプロセスや、一回七〇万円という費用の高さ、成功率の低さを考えると、とても男女平等どころではない。女性の職業生活と両立するとは思えないのだ。

しかもこの生殖技術のもとでは、母親という存在が生みの母（A）と育ての母（B）だけでなく、さらに遺伝子上の母（C）という三つの存在に分裂する可能性、いや現実性が発生している（青木やよひ編『母性とは何か』金子書房）。〝借り腹〟の場合がそれで、子どもが契約通り遺伝子の所有者に引き渡された場合にはBとCは同一人、Aだけが別人ということになる。先般アメリカで争いが起こったのは〝代理母〟の場合で、裁判でAとCを兼ねた女性が負け、子どもはBのところへ引きとられた。精子の所有者であるBの夫の権利が認められたのと、ACの女性の階層が低かったための判決だった。ただでさえ不安定になっている人間のアイデンティティがますます不安定になり、母性の概念がますますあいまいになっていくのではないかという怖れを感じる。

そればかりでなく、すでにアメリカで起こっていることだが、性の商品化顔負けの生殖の商品化、産む女性と産ませる男女の階級差別の激化、子宮の一層の物化と道具視が、新たな女性差別を生み出すことは、目に見えている。これらの問題についてのきびしい社会の規制が必要だろう。

人間の母性は根底に哺乳類としての母性を保ちながらも、文化や時代によってさまざまな変化を経験してきた。ことに母性とはなにかという観念となると、現代ばかりでなく過去においても、マイナス記号から無限大まで、時代と文化によってあらゆる記号を与えられて振りまわされ、翻弄されてきたように思われる。

現在、母性は現代文明の歪みがますます顕在化していくなかで、時代のキーワードの一つとなり、二つの極に引き裂かれようとしているように見える。一方では、母性は現代文明の歪みや人間疎外のすべてを解決するかのような過大な幻想を負わされ、他方では、女性の職業による自立や自己実現にとって桎梏《しっこく》として感じられるようになっている。女性たちは、母性の喪失がすべてのマイナス面の原因であるかのような非難を受けながら、また生まない女、生めない女への先端生殖技術による攪乱のなかで、生む生まないの選択権を自分のものにし、母性を生き、考えていかなければならないのだ。

しかし考えてみれば、これは女性自身が母性について考え、その意味内容を概念規定する絶好の機会であるということができないだろうか。母性を賛美する文化にせよ、母性を従属と規定する文化にせよ、これまでの文化のなかで母性の概念はほとんどつねに女性たち自身によってではなく、男性、それも支配階層の男性たちによって与えられてきたのだから。

たとえば現在ひろく使われている『広辞苑』の第三版（新村出編、岩波書店）では、母性の項に「女性が母としてもっている性質。また、母なるもの。」とあり、さらに〔母性愛〕として、「母親がもつ、子に対する先天的・本能的愛情。」と記されている。母性については、なにもいっていないに等しいし、母性愛については動物にも認められている学習による後天的な母性愛の重要な側面を、まったく無視している。〝権威ある〟国語辞典にして、この程度のものなのだ。母性主義という言葉は載っていない。

母性とは子ども（広義には幼いもの、弱いもの）とのあいだで形づくられる、いつくしみ、保護し、育てることを可能にする性質である。それは、女性が（男性も）、自らの人間性の基礎の上に発達させる性質であって、それを現実化し、自覚し、定義するのは、主として女性たち自身であり、またそうあるべきだと思う。

2 岡本かの子の「母性」探求

このように考えてきて、周囲をみまわすと、女性自身による母性の自覚、定義、表現の、あまりにも少ないことに驚かずにはいられない。ことに母性のもつ過剰な面、マイナス面、その闇の部分の表現となると、ほとんど皆無といっても過言ではない。自らの女性性を肯定的に生きることさえ難しい女性にとって、自らの母性を、その闇の部分までふくめて自覚し表現することは至難のわざであるにちがいない。むしろ既成の、与えられた母性観念に流れこむ方がずっとやさしいし、男性社会にも受け入れられやすいのだ。

そのなかで最近少しまとめて読んで感銘したのは、岡本かの子(一八八九〜一九三九)の一連の小説である。岡本かの子にかぎらず、明治以降輩出した女性作家の多くが、現代の女性の眼による読み直しと再発見、再評価の必要に迫られているのが現状だとわたしは考えるのだが、そのなかでも岡本かの子ほど正当に理解されてこなかった作家も珍しいのではないだろうか。

与謝野晶子をはじめとして田村俊子、岡本かの子などの近代女性文学者の作品を読むと、彼女たちが日本の近代以前、明治以前の文化の厚い地層を母胎として育ち、それによって感性と意識を養われていることに気づく。そして近代以前の都市の文化や繁栄を支えた近郊農村の経済力が、商人や町人、豪農といった階層において、男性中心の公的生活とは少し別のところに、生命力のつよい、感性と才能と財力の豊かな、そして誇り高い女性たちを生み出してきたことを知るのである。

武士的な精神によって西欧文明をとり入れながら形成されてきた日本の近代文化は、浪漫主義というような枠組以外、彼女たちを遇する道を知らなかったように見える。ことに田村俊子と岡本かの子の場合、その出身階層の経済力を支えてきた徳川幕府が明治維新によって崩壊したため、次第に没落を余儀なくされ、理解されるためのバックグラウンドを失ったように思える。そのためか、彼女たちの作品はどこか嬌慢《きようまん》で倨傲《きよごう》な大輪のあだ花のように遇されてきたきらいがあった。

岡本かの子に与えられたのも、浪漫主義やナルシシズム、あるいは母性主義といった枠組だった。彼女は芥川龍之介とのひと夏の交流を描いた『鶴は病みき』(一九三六年)で文壇にデビューし、息子太郎との子別れと思慕を書いた翌年の『母子叙情』で文壇に特等席を与えられたといわれている。歌人、随想家、大乗仏教の研究家として知られていたとはいえ、少女時代から小説を書こうとしていたかの子としては、四十七歳という遅い出発である。二年半後には満四十九歳で亡くなっているから、小説家としての生涯は準備期間が長く、苦労の多いものだったと推察される。死後、他の遺稿とともに、未発表の二篇の長篇が発見されている。

『母子叙情』が名高かったため母性礼賛の作家と見なされたのだろうが、彼女の他の作品、たとえば『花は勁し』(一九三七)や、名作といわれる『老妓抄』(一九三八年)『河明り』(一九三九年)などもふくめて、かの子の母性観、母性探求を論じた議論はまだなされていない。

これらの作品は、『母子叙情』と『河明り』をのぞいて、母と子の物語ではない。これまで〝女が男を飼う話〟としてくくられてきた小説であり、年上の女性と年下の男性、生命力のつよい女性とそれほどつよくない男性、経済力のある女性とない男性との、愛の相克の物語である。この場合、経済力だけに目が行きがちだがけっしてそれが重点ではない。作者は年下の恋人との関係からくるモチーフによって、これらの小説を書いたように思われる。

かの子は満二十一歳でやがて漫画家として成功する岡本一平と結婚し、翌年太郎を産むが、その結婚生活のはじめの数年間は一平の放蕩、兄と母と長女のひきつづく死、貧乏、家事の不得手などのために暗澹たるものだったらしい。かの子二十五歳のころから一平の回心、若い文学青年堀切重夫との恋愛、三角関係の苦悩、次男の出産と死とつづくが、のちに書かれた『花は勁し』の状況設定は、このころ岡本家に寄寓し、三角関係の苦しみから結核にかかってやがて郷里で死んだこの堀切青年との関係を思わせるものがある。「かの子の妹、錦の同情による二人の接近がかの子の怒りを買い、かの子はみずから重夫への恋情を絶ち切った」と年譜（渡辺正彦氏製作）にある事情は、妹が姪に変えられているものの、ほとんどそのままの形で『花は勁し』の人物設定に使われている。

ただ事件から小説までのあいだには、二十年以上の歳月が流れている。成熟したかの子の表現意識はこの作品のなかで、宗教的な苦悩を通過した一種の母性意識にまで到達している。いやそこに到達してはじめて、この事件を作品化し、若くして死んでいった青年に姪の産む子どもを授けるという結末を書くことができたのだろう。

しかしこの種の事件は、これで終わったのではなかった。『花は勁し』発表四カ月後の一九三七（昭和十二）年十月の年譜にも、「二十年来岡本家に同居していた恒松安夫が、恋人を得てかの子の怒りを買い、家を出る」とあるから、このような人間関係とモチーフはかの子のなかに深く内在していたものにちがいない。そして年上の女と年下の男、生命量の大きい女と小さい男、経済力のある女とない男との関係――前者（女）の後者（男）への愛と所有、保護と独占、献身と破壊、自由と束縛のモチーフを書いた作品群は、岡本かの子の作品のなかで、『母子叙情』や『河明り』など母子関係そのものを書いた作品群とは少しちがった流れを形づくっているように思われる。そしてこれもまた、彼女の母性探求の一環をなしているのである。

このモチーフがかの子のなかで熟成され、母性のもつマイナス面が女性の自由の問題として直視され、表現されているのは、最晩年の見事な短篇『老妓抄』であるとわたしは考える。

園子という本名でも小そのという源氏名でもなく、「たゞ何となく老妓といって置く方がよかろうと思う」と語り出されるその女性は、長年花柳界で生きてきてその道では相当名も知れ、いまでは経済的にも安定している、しかし「憂鬱」を基調とする気分のなかに生きている女性である。男性遍歴、人生経験も豊富で、職業の場で好敵手が見つかるといくらでも快活に喋り出し、若い芸妓たちには、「若さを嫉妬する」妖怪な「老い」をも見せる二面性をもった彼女だが、十年ほど前からなんとなく「健康で常識的な生活」を望むようになっている。遠縁の娘みち子を養女にして女学校に通わせ、住いも和洋折衷風に改築し、生活を電化して、その新しい文化的な電化生活のなかに、自分の「まどろい生涯」とは別の「端的で速力的な世界」を見出していく。

この老妓が電化装置の修理に出入りしていた発明家志望の苦学青年柚木を自分の家作に入れ、実験材料と研究費を与えて援助しはじめるのだ。彼女は青年に、自分の生きなかった「パッション」を求めている。「仕事なり恋なり、無駄をせず、一揆で心残りのないものを射とめて欲しい」と願っている。ところが柚木の方は、「つんもりした手製の羽根蒲団のような生活」を与えられると、次第に生活への熱意を失っていく自分を感じる。老妓が自分になにを求めているかを知ると、「彼女が彼女に出来なくて自分にさせようとしてゐることなぞは、……現実では出来ない相談のものなのではあるまいか」と考えて不安になり、家から逃げ出す。しかし徹底的には逃げずに、すぐに連れ戻される。この出奔と帰宅が繰り返されるようになる。老妓は柚木が逃げるたびにかれに尊敬の念を抱くようになる。だが柚木がもし帰ってこなくなったらと想像すると、「毎度のことながら、取り返しのつかない気がするのである。」

老妓は、たしかに不可能を求めているのだ。青年にパッションを、「一揆で心残りないもの」を射とめることを求めているのなら、かれにぬくぬくした羽根蒲団のような生活を与えるという「飼い方」をしてはならないし、もしそういう援助の仕方をするのなら、青年にパッションを求めるのは無理な注文というもので、みち子の婿にでもして老後を託すのがせきの山だろう。

一方柚木の方にも、甘えがある。最初の家出先でのかれの気持ちは、こう表現されている。

ある種の動物は、ただその周囲の地上に圏《わ》の筋をひかれただけで、それを越し得ないというそれのように、柚木はここへ来ても老妓の雰囲気から脱し得られない自分がおかしかつた。その中に籠められている時は重苦しく退屈だが、離れると寂しくなる。それ故に、自然と探し出して貰い度い底心の上に、判り易い旅先を選んで脱走の形式を採つている自分の現状がおかしかつた。

老妓と青年のいたちごっこ、追いかけっこのなかに老妓の悲しみと、老いて「いよよ華やぐいのち」のあることが暗示されて、小説は終わっている。

この短篇のなかの老妓は、冒頭でのべた母性の二つの面——樹に象徴される面と、ひょうたんに象徴される面との二面性と矛盾を、よく体現している。彼女は柚木を呑みこもうとしているのではなく、かれの野心を、活動を、自由を、いいかえれば未来を愛している。彼女は柚木にとっての樹になろうとしている。しかし実際のかれとの関わりのなかでは、〝呑みこむ〟ような、つまりかれの生活への熱意をそぐような援助の仕方しか知らないのだ。そしてかれが逃げ出すと、その自由を求める行動に尊敬の念を抱きながらも、かれが完全な自由を実現して自分の圏内から去ってしまうことを想像して、絶望的な不安を感じるのである。

それはなぜだろうか。作者岡本かの子ははっきりした言葉ではいわないが、解答はすでにこの小説のなかに与えられている。老妓自身がほんとうの自由を生きたことがないからだ。男社会によって引かれた圏の外に出たことがないからだ。何人もの男と関わりながらも、求めている「たった一人の男」と出会うことができず、職業人として生きながらも、「散々あぶく銭を男たちから絞って、好き放題なことをした商売女」と柚木からさえ見られている老妓である。人間を内部からつき動かすパッションも、「一揆で心残りないもの」を求める一途さもない世界。彼女自身がその空虚を埋めようとして現代風の暮らしをとり入れ、青年の自由と未来を愛そうとしても、それはいわばひょうたんの内部に架空の世界をつくり、そこに青年を呑みこむことでしかない。

樹になろうとしてひょうたんにしかなることのできない母性――それは女性が自分自身の生を自由に、豊かに生きることができないためだ。岡本かの子は夫の放蕩、若い恋人たちとの関係、息子をパリにのこしてきた不安などを通り、大乗仏教による救済と思想的遍歴を経て、母性のもつこの二面性と矛盾を、『老妓抄』のなかに余すところなく表現している。彼女がこの小説の主人公を花柳界という、女性の性を商品化してその活動を一定の範囲に閉じこめ、代償として経済的安定を与える社会に生きてきた女性として造型したことは、この時代の女性の自由についてのかの子の正確な認識と批判意識を表している。老妓はある意味で岡本かの子自身でもあったにちがない。

先にものべたように、岡本かの子は母性礼賛の作家と見なされてきたし、部分的にはそういう面もないではない。しかし全体としてその作品を見るとき、彼女は母性の闇の部分にも、いや闇の部分にこそ目を向け、それが女性の生における自由の欠如と密接な関係をもつことを表現した、つよい精神と批評意識をもった女性であり、作家であったと考えることができる。

女性自身による母性の表現と批評と再定義――いま求められているその作業は、まだはじまったばかりだ。

男を〝飼う〟試みの挫折――『老妓抄』の比喩が語るもの

1　庭と庭師の比喩

岡本かの子の比喩の体系は、大きく分けて植物の比喩と動物、それも魚の比喩に分けることができる。前者の例としては蔦が、後者の例としては金魚が際立った位置を占めているが、最晩年の作『老妓抄』においてもかの子は植物と魚の比喩をさりげなく、しかも自在に使っている。ここではそれを分析しながら、かの子の比喩が語るものに耳を傾けてみたい。

まず女主人公の老妓には、園子という本名からも小そのという源氏名からも推察できるように、小さな庭という比喩が与えられている。彼女自身の家の庭についてはなにも書かれていないが、「作者」の家の庭には小さな池と噴水がある。老妓が和歌の指導をしてくれたお礼に、「出入りの職人を作者の家へよこして、中庭に下町風の小さな池と噴水を作って」あげたのだ。「作者」とはこの小説の語り手であり、作者でもあると考えていいだろう。

彼女が青年柚木を住まわせている家作の庭については、「矩形の細長い庭には植木も少しはあつた」

と書かれていて、その描写から小さく古いながら華やいだ庭の雰囲気が伝わってくる。「夏近くなつて古木は青葉を一せいにつけ、池を埋めた渚の残り石から、いちはつやつつじの花が虻を呼んでゐる。（略）隣の乾物《ほし》の陰に桐の花が咲いてゐる。」　そこには池もあるのだ。

　老妓は庭と池の所有者というより作り手であり、そこに立つ古木の一本だということもできる。そして柚木という青年は、老妓の意志でそこに移し植えられた若い柚の木なのだ。養女のみち子はその庭に通っている木《こ》の下道というところだろうか。なお庭と庭師のイメージは、かの子の死後発表された『生々流転』の重要な比喩としても使われている。

　柚木は老妓の好意の目的がわからない。かれを自分の若い燕にするという気配もない。柚木をみち子の婿にでもして、ゆくゆくは老後の面倒でも見てもらおうという魂胆かもしれないとも考えるが、そうとばかりは判断しきれない。みち子は若い芸妓たちに対抗するように柚木を挑発してくるが、かれはみち子と結婚した場合の未来像を描くことができない。庭の小道が「小ぢんまりした平凡」に通じているのか、「不明な珍らしい未来」に通じているのか、見きわめがつかないのだ。

　柚木は諦めということを知らない老女の不敵さに驚き、「出来ることなら老女が自分を乗せかけてゐる果しも知らぬエスカレーター」から免れて、つんもりした手製の羽根蒲団のやうな生活の中に潜り込み度い」と思うが、そういう自分の考えを裁くために、東京から汽車で二時間ほどで行ける海辺の旅館へ行く。しかしある種の動物が、「ただその周囲の地上に圏《わ》の筋をひかれただけで、それを越し得ない」ように、そこにきても「老妓の雰囲気から脱し得られない自分」を感じる。老妓のしつらえた庭は「地上にひかれた圏の筋」でもあり、一種の心理的束縛としてかれをとらえているのだ。

2　鰻と電気鰻

岡本かの子がこの短編にこめたもう一つの比喩の系列は、おなじみの魚、それも鰻の比喩である。老妓が直接鰻に喩えられているのは一カ所、彼女が自分の肌の若さを証明して見せるところだ。自分の左腕の皮膚を柚木につねらせておいて、老妓がその反対側の皮膚を自分の右の二本の指でつねって引くと、左腕の皮膚は「じいわり滑り抜けて」、もとの腕の形に戻ってしまう。もう一度試したあと、「鰻の腹のやうな靭い滑かさと、羊皮紙のやうな神妙な白い色とが、柚木の感覚にいつまでも残つた」と書かれている。老妓の腕の皮膚は、鰻の腹として描かれているのである。

この場面を頭において読み直すと、この小説にはいたるところに鰻のイメージがはめこまれていることがわかる。冒頭に近い場面も、その一つだ。

人々は真昼の百貨店でよく彼女を見かける。
目立たない洋髪に結び、市楽の着物を堅気風につけ、小女一人連れて、憂鬱な顔をして店内を歩き廻る。恰幅のよい長身に両手をだらりと垂らし、投出して行くやうな足取りで、一つところを何度も廻り返す。そうかと思ふと、紙凧の糸のようにすつとのして行つて、思ひがけないやう

な遠い売場に佇む。（略）
ひよつと目星い品が視野から彼女を呼び覚すと、彼女の青みがかつた横長の眼がゆつたりと開いて、対象の品物を夢のなかの牡丹のやうに眺める。唇が少女時代のやうに捲れ気味に、片隅へ寄ると其処に微笑が泛ぶ。また憂鬱に返る。

眼の開き方や唇の様子も、気をつけて読むと鰻のそれのようだ。また老妓が若い芸妓たちを笑いでへとへとにさせる場面も、鰻の立ち騒ぐ様子をほうふつさせる。

話の筋は同じでも、趣向は変へて、その迫り方は彼女に物の怪がつき、われ知らずに魅惑の爪を相手の女に突き立てゝ行くやうに見える。若さを嫉妬して、老いが狡猾な方法で巧みに責め苛んでやるやうにさへ見える。
若い芸妓たちは、とう〳〵髪を振り乱して、両脇腹を押へ喘いでいふのだつた。
「姐さん、頼むからもう止してよ。この上笑はせられたら死んでしまふ」

老妓が綾瀬川のあたりで若い芸妓たちに語る昔の心中未遂話にも、たくみな比喩が隠されている。彼女を囲っていた旦那の嫉妬《やきもち》をかわすために、彼女は散歩するといって向島の寮を出、一方相手の男は鯉釣りに化け土手下の合歓《ねむ》の並木の下に船を繋《もや》って「ランデヴウ」をしたという話である。二人はそのまま舷をまたいで心中する相談をしたこともあったが、いつ死のうかと会う度ごとに相談しながら、ある日川の向こうに心中態の土左衛門の姿を見て、思いとどまった。男が化けたという鯉釣りには、〈鰻でない〉という含意がある。もし男が鰻釣りに化けていたら、二人は心中していたにちがいない。

老妓が鰻なら、柚木はなんの魚に喩えられているのだろう。

かれは老妓が「文明の利器」として愛好する電気器具の修理のために、その家に出入りするようになった青年である。電気という言葉はこの小説で多用されているが、後半になるとそれはみち子の挑発に刺激された柚木の性的衝動の比喩として使われるようになる。「柚木の腕から太い戦慄が伝つて来た」「柚木はまるで感電者のやうに、顔を痴呆にして、鈍く蒼ざめ、眼をもとのやうに据ゑたまゝ、たゞ戦慄だけをいよ〳〵激しく両手からみち子の体に伝へてゐた」「何が何やら判らないで、一度稲妻のように掠《かす》れ合つた」などである。

柚木はさしづめ電気鰻というところだろう。電気鰻は鰻とは縁の遠い生きもので、別名しびれ鰻ともいい、全長二・四メートルに達するという。淡水産の硬骨魚で、南アメリカの河に産する。全長の五分の四ぐらいは尾部で、頭部の後方から尾端近くまでにわたって発電器官があり、家畜を倒すほどの発電力が起こる。形は鰻状で皮膚は柔らかく、鱗がなく、暗褐色、動作はすばしこくはない。

「ふーと膨れるやうに脂肪がついて、坊ちゃんらしくなり、茶色の瞳の眼の上瞼の腫れ具合や、顎が二重に括れて来たところに艶めいたいろさえつけてゐた」という老妓に「飼はれ」てからの柚木の姿は、電気鰻と見て不自然ではない。老妓はかれを飼うための池を、家作の庭にあらかじめ用意していたのだ。電気鰻は淡水魚であるから、柚木は何度海辺の旅館に逃げ出しても海へ逃げてしまう心配はない。

みち子は一度、「病鶏のさゝ身ほどの肉感的な匂ひ」という言葉で語られている。電気鰻の餌にされる鶏だろうか。しかしその刺激は刹那的なもので、柚木はそれに食いつかない。

3　華やぎと自己批評

小説の最後には、珍しく「作者」のところに届いた和歌の詠草の一種が記されている。

　年々にわが悲しみは深くして
　　いよよ華やぐいのちなりけり

この和歌は老妓が家出した柚木を探すために電気器具店に電話をかける場面の、「彼女の心の中は不安な脅えがやや情緒的に醗酵して寂しさの微醺《ほろよい》のようなものになって、精神を活発にしていた」というところと対応している。柚木への不安や脅えは、老妓のいのちに華やぎを与えているのだ。

この詠草を受けとったとき、「作者」は老妓のこしらえてくれた「中庭を眺める縁側で食後の涼を納れてゐた」。「作者」は「池の水音を聴き乍ら、非常な好奇心をもつて久しぶりの老妓の詠草をしらべてみ」る。

噴水には電気が使われているわけだが、おそらくそこには生きものの気配はなく、噴水の立てる「池の水音」が響いているばかりだ。わたしはこの場面に、「電化」生活、ひいては「端的で速力的」で反生命的な近代文明の虚ろさへの、岡本かの子の批評を読みとるように思う。

さて、この小説にはかの子独特のアレゴリーである魚釣りは、主要イメージとしては登場しない。心中未遂をした相手の男は鯉釣りに〈化けて〉いるだけだし、かつて老妓を囲っていた男たちは小説の範囲外にある。しかし老妓自身が若い男を〝飼う〟ための庭と池の作り手である以上、彼女は家父長に準ずる存在である。かの子はそのことをはっきり意識している。老妓は「端的で速力的」な電気器具によって柚木という青年を釣ったともいえるのだ。また庭や池は出入り自由とはいえ、柚木の心のもち方次第では「地上にひかれた圏」にも、生洲にもなる。男たちに飼われながら小金を溜め、その金で若い男の未来への意欲を買おうとする老妓の悲しみと華やぎのなかに、かの子は家父長制社会を生きる女性の一つの限界を書き、そこに自己批評をこめたのだろう。

岡本かの子の民族意識と戦争協力をめぐって

1　ナショナリズム、ヒューマニズム、フェミニズム

岡本かの子は、小説『母子叙情』によって文壇に本格的に認められたのが日中戦争勃発の四、五カ月前だったためもあって、斃れるまでの一年半のあいだに戦争や民族についてかなり多くの文章を書いている。しかしそこに見られる民族主義や戦争肯定の言説は、この前後に発表されたかの子の小説と際立った対照をなしている。かの子の短文を通してその民族意識と戦争観を探るのがこのエッセーの主な目的だが、それらの短文と小説のあいだに見られる対照、あるいは落差についても考えてみたい。

まず、彼女の日中戦争前（発表はそれ以後の場合もあるが）の短文に現れている民族意識や戦争観、そしてそれに関連する人間観について検討しよう。それらは決して好戦的ではないが平和主義的なものでもなく、岡本かの子が第一次世界大戦後世界にひろがった平和主義とは無縁だったことを推察させる。中国大陸への日本の野心についての認識も、見られない。

一九二九（昭和四）年末から岡本夫妻は一家をあげて南回りの船で渡欧し、三二年半ばまでほぼ二年半滞在したが、息子太郎をパリにのこして帰国するころ、日本は前年の満州事変にたいする欧米諸国や中国からのきびしい批判にさらされていた。彼女たちは帰路アメリカ大陸を横断して太平洋航路をとったのだが、それは「ソ連経由は事変のため覚束ないといふし、欧州航路は上海が危険」だと思われたからだった（「戦時の正月――追憶」『新日本』一九三八年一月）。この旅行で彼女がヨーロッパとアジアでの見聞や交流を通して得たもの、それについて書いたものは実に多様で多岐にわたっているが、民族主義や国家主義についてのちに書いたものには、〈力にたいしては力の準備を〉という考えが一貫している。

岡本一平は一九三〇（昭和五）年一月から開催されるロンドン海軍軍縮会議に朝日新聞社から漫画全権として派遣されたのだが、この会議の結果四月二十二日に調印された軍縮条約は、日本の補助艦総トン数を米英の69・75パーセントに制限するというきびしいものだった。岡本かの子はこの会議の成り行きを、現地で身近に見聞きしたことになる。なお調印の三日後、政友会の犬養毅らは衆議院でこの条約を統帥権干犯と攻撃、統帥権干犯問題が起こった。

往路に立ちよった香港やシンガポールやコロンボでは、かの子は大英帝国の軍港や艦隊を見てつよい印象を受け、「之に依つて見るも私達は、軍備の充実の上に屈辱なき平和を望まねばならない」とのべている（「英国海軍の制海力――軍備を充実せよ」初出不明）。また国際連盟で日本にたいする経済封鎖の主張も出ていたころドイツにいた彼女は、そうなると日本人は外国でパンも売ってもらえなくなるとして、「私はつくづく国は強からざるべからず、大国の質量を備えざるべからずと思ひました。正義といい平和といふも、それを行ふに堪へたる国の実力の指導によつて行はるべきものであります」と書いている（「出征軍人の妻に贈る――同性としての立場から」『文芸春秋』一九三八年三月）。

一方、彼女は和歌と仏教を通して日本人としての民族意識をもっていた。エッセー「日本婦人と仏教」（初出不明、『女性の書』所収）では、「古来実に千有余年連綿として続いて来た日本大乗仏教が明治の初めに廃仏毀釈の難に会つて一時表面から隠退したやうに見えたが、依然として日本民族の思想の中軸をなし日夜、現実の生々しい問題の解決の指針となり、日本民族の発展の原動力となつている事が漸く現代人の知るところとなつたのであります」とのべている。

次項で触れることになるヒューマニズムについていえば、小説『混沌未分』を『文芸』に発表した翌月の短文「女のヒューマニズム」（『読売新聞』一九三六年十月十二日）は、当時の彼女がヒューマニストでありフェミニストだったことを物語っている。ここでかの子は、ヨーロッパの文芸復興と十七世紀のフランス・ヒューマニズムを「人間の自然性」との関連で正当にとらえ、当時プロレタリア文学弾圧後のいわゆる文芸復興の機運のなかでなされていたヒューマニズム論議に、「前時代から近世に至る、自然的な流れが妨げられ、底にうめいている人間性からの切実な発言」を認めている。

とくに女性については、現代は女性が「自然の性情を流露させるに甚だ困難な時代」であり、「今日、いくばくの女性が真に自らを偽らず表現し得ているだらうか」とのべ、「女のヒューマニティーの誤れる発露」にも寛容や理解を求めている。これらは、『混沌未分』から『母子叙情』にいたる内容ともまっすぐつながる考えだといえるだろう。「ヒューマニズムが正義感と共に常にロマンティシズムを伴って叫ばれる」のは、「人間の性情の発露は時として昂揚飛躍の形を採る」からだという意見も、『母子叙情』からさらに『金魚撩乱』へ向かう道筋として、納得できる。

日中事変勃発までのかの子の民族観、国家観、人間観は、大筋のところ近代のブルジョア・ナショナリズムとヒューマニズム、フェミニズムの範囲内にあったといっていいだろう。とくにフェミニズム思想は日本の近代社会と思想がおき去りにしてきたものであり、男女不平等の姦通罪を撤廃するべきだという主張や、島崎藤村の『新生』と『家』へのフェミニズム批評の先駆をなす批評、まっとうではあるが貧困の問題が欠けている娼婦観など、それ自体として検討する価値をもっている。ただヒューマニズムは人間中心の思想であり、人間以外の生きものとのあいだの平等観や共生思想をもっていない。大乗仏教の徒でもある岡本かの子の生命思想は人間中心的ではなく、その意味でヒューマニズムの枠内に収まりきらないものをもっていたということができる。

2　アンチ・ヒューマニズムの論調

日中事変勃発後の彼女は、一転してアンチ・ヒューマニストと神秘主義的なナショナリストの相貌を見せはじめる。そのなかでも特異な位置を占めるのが、長谷川時雨主催の雑誌『輝ク』の「皇軍慰問号」（一九三七年十月十七日号）の巻頭に掲載された短文「わが将士を想ふ言葉」だろう。出征軍人将士を神としてたたえたもので、「大君《おおぎみ》」や「国土豊饒のみのり」などという古代的ニュアンスを帯びた天皇賛美の言葉も顔を出している。『金魚撩乱』（『中央公論』同年十月号）完成直後の執筆と思われる。全文を（ルビはほぼ省略して）引用する。

出征軍人将士となりたまふ時、日本《にっぽん》男子は既に神なるを感じる。一体光る。その万体《ばんたい》の光、合して今、唐土の野に粛々と進み給ふを感ずる。

今し、日本の秋の金風に鬣《たてがみ》を振つて出で立たんとする軍馬も亦、神の光を放つ。人間の女の私がふかくふかくふかく頭を垂れて訣別の礼をばなせり。

何故に戦ふかを問うは既に人類中の閑人である。既に戦ふ現象中にあつて、誠意それに当つて勝つこそよけれ。人力以上の気迫あつてこそ大敵に勝つ。たとへ寸時分時《すんじふんじ》の敗れありとも大局に於て勝つ。武器は双方にあつて備ふるところ。誠意と優秀なる気迫を備へ、人類の絶頂所《ぜっちょうしょ》に達したる勇偉切実なる魂あつて遂に勝つ。

ああ、一心凝つて大君を想ひ、祖国同胞を憐むが為に身を忘れて戦ふ兵士よ。

たましひ光り給へるわが日本の将士達よ。君達を遠く送りて淋しけれども、今、日本の秋は晴れて国土豊饒のみのりに恵まる。

女子は、もすそをかかげて街路の役に、また慎ましく賢き家居に、おん身等が残したまへる父母、愛し妻《はしづま》、可憐なる子達の護りに、いそしみつつあり。今や君が祖国の、日本女性等こそ、君達の男々しき光に対照して、優しく凛々しき光となり銃後の国に充ち満つるを知り給へ。
さらば、朝《あした》には朝の陣を、夜はまた遠き夜陣の君達をひたすら想ふ祖国日本の女性より。

ここにあるのは、出征将士を人間以上の〈神〉とたたえることによる〝ほめ殺し〟である。日本人の祖先崇拝によれば、神とは死者がなるものであり、ほめたたえられた出征軍人将士はある意味ですでに死者の列に加えられている。彼女はこれに類する意見を事変勃発後二、三度発表しているが、これほど極端な例はない。『金魚撩乱』の完成と戦争勃発の興奮、『輝ク』が女性誌であることの一種の気安さ、そして現実のジェンダー差のはげしさが、相互に作用したのではないだろうか。

ここに見られる「日本男子」のもち上げ方は、わたしが「母性の光と闇——『母子叙情』をめぐって」で分析した、男性批評家たちへの媚びともいえるパフォーマンス（演技）の延長線上にあるように思われる。『母子叙情』後半の「むす子は男、むす子は男、男、男……」という男性賛美と共通したものが感じられるのだ。そこには手放しの男性賛美とともに、相手の男性たちへのある種の無責任さがふくまれている。そしてその根底には、父権制社会へのかの子の深い絶望感と虚無感が横たわっているとわたしは思う。

アンチ・ヒューマニズはかの子の場合、人間を人間外のもの（異形性や怪物性、天上性など）と結びつけてとらえる傾向として現れている。それは『金魚撩乱』において、彼女が真佐子という女性とその変身としての金魚について、一貫した比喩体系によって表現したものであった。この短文では、岡本かの子は逆に男性を神に祭り上げるアンチ・ヒューマニズムを露わにしている。ここには彼女が『金魚撩乱』で極限まで拡大して書いたジェンダー間の落差が見られるが、その関係はまったく逆で、うたい上げられているのは男性性の特権化、超軍事化であり、また女性の〈銃後の妻〉役割への撤退である。アンチ・ヒューマニズムを軸として、『金魚撩乱』を裏返してバランスをとったとも受けとれる変貌ぶりだ。

ヒューマニズムは西欧で発展した思想であるが、そこにはいくつかの歴史的段階があり、おおよそ次のように大別される。①中世的なキリスト教的世界観からの人間性の解放を求めたルネッサンス期イタリアの人文主義（フマニスム）、②市民社会を確立する市民革命の理論的な支柱となった十七〜十八世紀西ヨーロッパの市民的ヒューマニズム、③資本主義による人間疎外からの回復を求める、ニーチェの〈生の哲学〉を先駆としロマン・ロランやトルストイ、ガンジーなどにつながるヒューマニズム、④資本主義の諸矛盾から社会変革によって人間を解放しようとする社会主義的ヒューマニズム、などである。ただ欧米起源のヒューマニズムはいまだに人種的な優越意識を克服することができず、真の平等を実現することはできなかった。また前述した人間中心主義も、その限界をなしている。

近代国家の成立には産業革命、法の支配（三権分立）、市民社会の成立などが不可欠だが、列強に包囲された環境で近代国家をつくらざるを得なかった日本は、産業革命を至上命題とした。三権分立を一八八九（明治二十二）年の憲法発布まで後まわしにし、教育勅語によって儒教的な人間観、家族観を再編成して国民に押しつけ、市民革命への人びとの要求を強権で押しつぶしてまで、上からの産業の育成と発展に力を注いできたのだった。その目的のためにつくられた最大の政治的装置が、近代天皇制だった。天皇制のもとで人間平等の思想は押しつぶされ、保護と忠誠を軸とする人間関係が絶えず再生産されてきたことは、よく知られている。社会主義運動もまた、小市民的な急進主義に足をとられて、市民社会の価値観を正当に評価しつつ運動を組織することができなかった。

このような社会で醸成されるアンチ・ヒューマニズムとは、どのようなものだろうか。それはブルジョア的ヒューマニズムの克服を主張し、あるいは形骸化したヒューマニズムがもたらす偽善や自己満足への屈折した反逆という形をとったとしても、容易にヒューマニズム以前の身分支配や人間蔑視へと逆戻りする。戦前の共産党で起こったいわゆるハウスキーパー問題もその一例だろう。わたしは川端康成の小説『眠れる美女』と、それをほめたたえる三島由紀夫の言説に、後者の例を見たように思う[1]。

『輝ク』の翌月号では、平塚らいてうが「皇軍慰問号を読む」という感想を寄せてかの子に熱い賛意を表している。「岡本かの子さんの出征将士を想ふ散文詩を拝誦し、事変以来、皇軍勇士の心境に神を見、彼等が現人神《げんじんしん》にまします天皇陛下に、帰命し奉ることによつて、よく生死を超越し、容易なことでは到達し得ない宗教的絶対地に易々としてはいつてゐることにひどく感激してゐたわたくしは、ようこそ言つて下さつたと、まことに同感しごくで、おそらくこれは銃後の日本女性大衆すべての今言はんと欲してゐるこゝろでありませう」と。

『輝ク』という女性誌は期せずしてこのような将兵賛美の神秘主義的な感応と合唱の場になったのだ

が、さすがに宮本百合子は同じ号で、「兵士たちは、ごく普通の市民の一人一人であり、なみの人間であり、而もそれらの何の奇もない人間が、避けがたき事情の下に万難を冒して自身の生涯を賭してゐるからこそ、私たちの心持は歴史の深刻な意義とともに深く動かされるのであると思います。ヒロイズムの自己陶酔は私たち女を愚劣にします」と批判した。また窪川（佐多）稲子も、それが「主観的な壮絶さで終つていて、困難な働きをしてゐる出征兵士のために残念でした」とのべている。この二人の批判はかの子にも、またらいてうにも届いたのではないだろうか。女性同士の批判がかの子やらいてうのそれ以上の暴走をくいとめたことも、指摘しておかなければならない。

次にかの子が天皇を「大君」と呼ぶ皇室観が書かれるのは、アンケート「事変は歌壇に何を与へたか」（『新女苑』一九三八年五月、全集第十四巻所収）である。歌壇人が「国民詩人」であり和歌が日本の民族詩であることの自覚をのべたもので、「一朝ことあつて大君の上に係り奉り、皇室、国家に対する時、忽ちにしてその（祖国愛の＝引用者注）熱情は大義名分的に上昇し拡大する」といっている。

平塚らいてうの天皇賛美は、女性運動の挫折を背景とした「父への回帰」(2)がその通路になるという屈折を通ったのだが、岡本かの子の場合は直線的で屈折のない民族主義、そして和歌という家父長制以前からの詩歌形式へのもたれかかりが媒介になっている。時代はさかのぼるが、日露戦争において天皇にきびしい批判をした与謝野晶子も、王朝文化の頂点に立つ天皇には跪拝した。この問題は、天皇イメージの重層性としても考えなければならない。天皇は統帥権をもつ軍の統率者、立憲君主、さらに王朝文化の象徴など、いくつもの顔をもっており、歌人たちの戦争協力を容易にしたように思われる。

3　民族的ヒューマニズムとアジア観

一九三八（昭和十三）年になると、岡本かの子は民族的ヒューマニズムについて語りはじめる。この言葉の初出は、『新女苑』編集部が注文した「民族的本能の目覚め」というインタビュー「女性は事変で何を得たか？——民族的本能の目覚め」（『新女苑』一八三八年二月）のようだ。インタビューのため論理的ではないが、かの子は平和が望ましいというような概念は今度の事変という現象によって吹き飛んでしまったといい、戦争という事実を強調して、民族的ヒューマニズムが肝要だと語っている。

「事実の二十世紀——現代思想の話（三）」（『むらさき』一九三八年九月）では、ヴァレリーの「事実の世紀」という言葉をあげ、「インテリゲンチアは現実から取残されの気味がある」とのべている。ここには現象や事実、現実の正当性を問い返す視線はない。そして彼女は個人主義的ヒューマニズムから民族主義的ヒューマニズムへの推移を語り、ナチスの理論家ローゼンベルクの『二十世紀の神話』にも触れている。しかしその論調は醒めていて、とくに共感は示していない。それは同誌六月号の「全体主義——現代思想の話（二）」でも同じで、第一次世界大戦後のドイツの苦難に同情しヒトラーの出現に危機感を抱かなかったかの子も、全体主義やナチズムには共感しなかったと思われる。

かの子の民族や戦争に関するこの時期の発言は、ほかにも物資の節約や家庭経済の問題、女性の社会進出によって女性同士の「嫉《ねた》み妬《そね》み僻み恨み」が少なくなったことを喜ぶ意見（「窓を開くべし」『生活』一九三八年八月）など、多岐にわたっている。ここでは最後に、当時の論題でもあったアジア文化についての見解を検討してみよう。

彼女は当時語られていた「日本的なるもの」と「亜細亜的なるもの」の二つの意識は、明治以来流入した西洋の物質文明を取捨選択し、その圧迫から脱して、「世界に新しく意義ある東洋独特の文化を打ち建てようとすることの目的に向って一致する」ことを説く。そして岡倉覚三（天心）の説をも参考にしながら、東洋に興亡した幾多の文化は現在廃墟と遺跡としてしかのこっていないのにたいして、日本はそれらをとり入れて保存し、咀嚼吸収して時代時代の文化をつくってきたことを高く評価する。さらに彼女はアジア思想を、中国の孔子のような横の幅をもつ普遍性の文化思想と、インドの仏教以前のベーダのもつ縦に深く掘りさげる個人性の文化思想に分け、それらを切りはなさず「複雑なる単一（統制ある複雑）を希っているもの」ととらえる。そしてその理想を実現してきた日本は、西洋文化と根本において相容れないアジア文化の理想実現を指導する使命を担っていると結論づける。「亜細亜は日本によって文化を取戻さなければならない」とかの子はいうのだ。

植民地化されたアジア諸国の現状やその民衆については相変わらずなにも語っていないが、彼女のアジア観は日本浪漫派、ことに保田与重郎のアジア観とは明らかに別のものだ。『橋』について保田氏に」（『コギト』一九三八年五月）も、保田とのつかのまの接触を語る以上のものではない。かの子がときに神秘主義や天皇賛美への危険な逸脱をしながらも、一応近代のブルジョア的・市民的な人間観や芸術観をふまえていたのにたいして、保田をはじめとする日本浪漫派は近代への断念から出発したところに、このちがいの原因があると思われる。世代的にも、二人のあいだには二十一歳もの年齢差があるのだ。

以上を総合すると、エッセーに現れたかの子の民族意識と戦争観、人間観は、大筋のところブルジョア・ナショナリズムと西欧ヒューマニズムとフェミニズムから、アンチ・ヒューマニズムや神秘主義へと揺れ動いていったと考えることができる。社会主義についての肯定的言及はなく、民主主義についてもなにも語っていない。フェミニズムが突出している以外、かの子の意見はほぼ当時の論調と国策に沿ったものだが、「わが将士を想ふ言葉」以外熱狂的なものは少なく、彼女の勉強家ぶりや洋行を通して得た広い視野がうかがえるものも多い。しかし現実にアジアに生きる人びとへの関心がないことは、指摘しなければならない。日中戦争が侵略戦争であることが一般に知られていなかった時代ではあったが、その思想は現実のアジアの人びとに責任——応答可能性——をもつものではなかった。

4　〝時局はずれ〟の小説を守る

しかしエッセーに見られるこうした民族意識や戦争観は、かの子の小説には現れてこない。そしてそれは、ほとんど彼女の小説の欠点にはなっていない。あえていえば、『河明り』のシンガポールの場面に日本人の盛んな進出が現地で受けていた抵抗が書かれていないことが、作品のリアリティを損なっていることだろう。(3)『金魚撩乱』では、ファシズム的情念への抵抗さえ示している。

唯一の例外は短編「勝ずば」(『新女苑』一九三七年十二月号)で、これは結核のため死を間近にした十四歳の少女が事変勃発とともに不思議に健康な気分になり、町から聞こえてくる出征兵士を送る軍歌をかすかに唄いながら死んでいくという話である。戦勝を願う人びとの軍歌の合唱が、死の恐怖と戦う少女を鼓舞したととれる結末だが、前半には少女の自殺未遂や性の目覚め、死の恐怖などの起伏が書かれているものの、最後の軍歌の場面は唐突で、前半の起伏を受けとめていない。

その反省に立ってか、同じ月の『新潮』のアンケートに、かの子は開戦以後のルポルタージュ文学の再燃に触れながら、小説についての自覚をのべている。「――しかし、芸術は一方、おいそれと現象に呼応出来ない鈍重な性質もあり、この点では浸潤、批判、消化されて後はじめて流れ出すものもある。斯かる文学は時局より遅れて真の影響が現はれるであらう。」また翌年には次のように書いている。「私は時代性の作品も尊重し製作し度いがさういふ作品ばかりを作り度くない。時代性の作品はその時代が過ぎれば価値は減退する。それよりも永遠性を持ちいつの時代の底にも潜在する人間根本の生命の不可思議に就いて詮索し、報告し、簡明表示する労力をより多く自分の作品に篭め度い」(「自作案内 肯定の母胎」『文芸』一九三八年四月号)。これも『勝ずば』の失敗を踏まえて固めた覚悟ではないだろうか。

それにもかかわらず小説以外のところでは、彼女は数十篇におよぶ戦争や民族についての文章や短歌を書きつづけた。彼女はそのころ、求められればよろこんで戦争協力の文章や短歌を発表したという。

いくつかの例をあげると、「東《ひんがし》の大君の国ゆますら男《を》は光りて発《た》ちぬ仇《あだ》を消たむと」（「銃後の詠」四首より、『短歌研究』一九三七年十一月号）には、「わが将士を想ふ言葉」に共通する男性賛美と、一種の被害者意識が見られる。蔣介石の侮日政策についての政府の宣伝をそのまま信じていたのだろうか。「大鵬《ほう》の羽撃《はばた》きつひにわが軍は南京城壁を打ち破りたり」「南京陥落の祝勝のこゑ英霊となりし将士も聞きたまふべし」（「南京陥落の歌」五首より、『読売新聞』同年十二月十六日）、「南《みなみ》支那《しな》バイアス湾に皇軍《くわうぐん》の上《のぼ》る即《すなは》ち広東《カントン》落《お》ちたり」（「広東陥落祝歌」三首より、『朝日新聞』一九三八年十月二十四日）など、かの子の戦争詠は当時の戦争や国家についての通念を疑うことなく、「わが」軍や民族や国民の集合的なアイデンティティーに安住している。彼女の小説が家族や男女のアイデンティティーに鋭い亀裂を走らせたのとは対照的である。戦争協力にかけたかの子の熱心さと多筆の理由は、なんだったのだろう。

それは、自分の小説を時局的でないという非難から守ることだったとわたしは考える。事変の年の七月以降の『金魚撩乱』『落城後の女』をはじめとして、翌年の『やがて五月に』『巴里祭』『東海道五十三次』『老妓抄』まで並べただけでも、その時局はずれの文学傾向は歴然としている。三枝和子がいうように、「当時の文学状況からすると、かの子のこうした作品が、ようやく厳しくなり始めていた軍国主義的な風潮のなかでの一種の救いであった」（『岡本かの子』新典社、一九九八年）ことも事実だろうが。この三八年は日中事変一周年の年であり、内閣情報室の要請と文芸家協会の呼びかけによる文学者の従軍もおこなわれ、火野葦平の『麦と兵隊』（改造社、九月十六日刊）に人気が集まっていた。この本は九月中に四刷まで版を重ねた。

翌三九年一月、川端康成は岡本かの子の『鮨』と『家霊』について、「なにものにも生命を流れさせる見方は、或いは仏法の心でもあるのか、確かにこれは東方の大きい母である。日本の心の深さを西方の人に知らしめる、現代の作家の、岡本かの子氏その最初の人ではないか」と紹介している。三枝はこの評について、「川端康成は、かの子が当局に睨まれたりしては大変だと思ったのか、ずいぶん時局に合わせた述べかたをしているが、『家霊』『鮨』の批評としては大きく的をはずしている。的をはずさざるを得なかった当時の情勢が、逆に明瞭に浮かびあがるような批評である」（前掲書）とのべている。

ここでやや横道にそれるが、『鮨』について手みじかに考えてみよう。ここに登場する湊という男性の生みの母は、子どもの湊を巧みに誘導して鮨ににぎった魚を食べられるようにした母親である。これは実体験にももとづいているようだが、岡本かの子のアレゴリー体系によれば、男が魚を食べることは〈女のいのちを食う〉ことであり、そのようにして育った湊は、父親には認められるが「結局いい道楽者」になるしかない男性である。その意味で、この母親は〈悪い母〉だといえる。しかしかれは魚を食べはするが魚釣りはしないし、生洲にも縁がない。かれは家父長にはなれないし、なろうとしない男性なのである。このことは湊が成長するにつれてかれの家が傾き、やがてまったく潰れることと対応している。

湊は生みの母のほかに「自分に『お母さん』と呼ばれる女性があつて、どこかに居さうな気が」している。それはかれにとって、魚などを食べさせない〈良い母〉の幻影なのだろう。しかし年をとるにつれて湊は生みの母のことを思い出し、「鮨までなつかしく」なっていく。結局かれは〈良い母〉に会うことはできず、アパートからアパートへ、鮨屋から鮨屋へとさまよい歩くしかないのだろう。たとえ福ずしの娘ともよと結ばれても、〈女のいのちを食う〉習性をかれは生みの母によって植えつけられてしまっているのだ。

川端は二人の母、とりわけ不在の母の幻影を「東方の大きい母」と呼んだと考えられるが、それは岡本かの子の普遍的な（東方や西方に関わらない）母性のテーマにとっては、三枝がいうように「的はずれ」であり、時局寄りのイデオロギー化にもつながりかねない。

おそらく誰よりも自分の小説の〝時局はずれ〟に敏感だったのは、かの子自身だった。彼女は『河明り』の第一稿を前年『中央公論』編集部に届けていたし、『雛妓』、『女体開顕』、未完の『生々流転』などの膨大な未発表作品をかかえていた。それらを発表していくためには、〝時局的でない作家〟という烙印を押されてはならない。小説では信念を貫き、短文や短歌で時局に合わせるというのが、かの子がとった戦術ではなかったろうか。それは「わが将士を想ふ言葉」などではほとんど本能的におこなわれ、その後二カ月ほどのうちに急速に意識化されていったにちがいない。そしてその多筆は結果として彼女をひどい過労に陥らせ、活動の頂点での早すぎる死を招いたのだった。

このように考えてくると、「母性の光と闇」で『母子叙情』の末尾について指摘したように、かの子の時代への迎合は、家父長制社会、ことに男性の支配する文壇に受けいれられるための演技だったという構図がふたたび浮かび上がってくる。すでに一九二六年九月号の『新潮』の座談会「女流作家を中心としたる漫談会」で、彼女は「それでも余り女が本当のことを言ったならば、今の日本ではとてもいきていけないように私は思うのですよ」と語っている。生きるための、また発表の手段としての妥協と無責任は、彼女の習い性となっていたのではないだろうか。

その意味で、岡本かの子は結局家父長制社会の枠組みから出られなかったという意見も成り立ち得る。彼女は小説でおこなっていた家族やジェンダーについての自分のたたかいが、政治や国家の問題にまでつながるべきだとは考えていなかった。またかの子は男女平等を求めるオーソドックスなフェミニストであったと同時に、作品創造においては両者の極端な差異を逆転させることに歓びを見出す作家であったように思える。ジェンダーの極端な差異と非対称性こそは、彼女のたたかいの対象であったとともに、その想像力の源だったのである。その点で、かの子は府立一中で亡兄大貫晶川の一級上にいた谷崎潤一郎と共通している。しかし谷崎は政治的発言をしなかったし、する必要もなかった。

岡本かの子の戦争協力の短文や和歌は、もの書きとしての彼女の言論責任を形づくっている。彼女は心にもないことを書いたわけではないが、戦争のテーマは彼女にとって、「永遠性」の小説に書きこむほどの内的必然性をもってはいなかった。しかし演技だろうと「時代性の作品」だろうと、書いたものは読者に読まれ、読まれることによって作者の執筆責任を発生させる。

ちなみに文壇的にはるかに恵まれた位置にいた谷崎は、かの子の死の四年後、戦争ただなかの一九四三年に『細雪《ささめゆき》』を『中央公論』の一月と三月号に連載しはじめたが、まもなく官憲によって掲載禁止を命じられた。かれは『細雪』を書きつづけながら、沈黙して疎開生活を送った。苦労して男性の支配する文壇で地位をつかんだ岡本かの子には、二度とそれを放すまいとする焦りがあったのだろう。それは当時の女性作家たちに共通する焦りであり、心情だったと思う。

かの子が男性批評家向けに書きこんだ母性礼賛の言辞についても、彼女には責任がある。母性主義はかの子のセールスポイントになり、いわゆるかの子神話を生み出したと同時に、彼女の文学の真の理解をさまたげたという両義性をもっている。その意味で、母性神話の最大の受益者にして被害者になったのは、かの子自身だった。しかし国家がとくに女性に母役割を求めた戦争期においてばかりでなく、現在もなお、かの子の母性主義は女性と女性文学にとって弊害を生み出しているのだ。その悪影響を払拭するためにも、また岡本かの子の文学を正当に評価するためにも、この母性主義神話から彼女を救い出さなければならないのだが、その作業は自らその種子をまいたかの子を批判する過程を、抜きにするわけにはいかないだろう。

わたしたちは可能性と限界の両面から、彼女の仕事を考えなければならない。岡本かの子の小説は、疑いもなく家父長制社会を内側から食い破る潜勢力を秘めている。それらはこの社会に課せられたさまざまな制約をかいくぐって、女性から女性へのいのちのつながりを書きつづけ、苦しんでいる女性たちに一貫してひそかなメッセージを送りつづけ、いまも送りつづけているのである。そしてそれを可能にしたのは、表現モチーフの強烈さに裏づけられた豊かで厳密な比喩体系と表現力、またそれを支えた循環する生命の思想であったということができるだろう。それとともに、制約をかいくぐるため作者が狡知を振りしぼり、時代への迎合を重ねたこともわたしたちは認識し、自己省察の資としなければならない。

注

（1） 拙稿「弱者へのサディズム――川端康成『眠れる美女』『美しさと哀しみと』」、岡野幸江、長谷川啓、渡邊澄子篇『買売春と日本文学』東京堂出版、二〇〇二年所収、参照。

（2） 拙稿「平塚らいてうとファシズムの問題――父への回帰」「社会文学」第9号、一九九五年七月、参照。

（3） 本書「生命《いのち》の河――『母子叙情』から『河明り』へ」の注（3）参照。

一平に歪められたディオニュソス的生命の讃歌――『生々流転』を読む

1　釣りのイメージと家父長の衰弱

岡本かの子の『生々流転』は、一九三九（昭和十四）年二月十八日の作者の没後に発表された長編である。同年四月号から十二月号まで『文学界』に九回連載され、翌四〇年二月に改造社から単行本として刊行された。作中で、明らかにかの子没後の出来事が「お艶」没後の出来事として語られていることから、瀬戸内晴美は終章のほとんどを占める市塵庵春雄の蝶子への恋文が、岡本一平の手になるものであると推察している。(1)

このエッセーでは、岡本かの子の作品を貫くシンボル体系を読み解くことを通して、かの子がそこにこめたテーマと表現を探り、またこの作品のどこまでがかの子自身の書いた作品として推定できるかを考えたいと思う。

まず、かの子の主要作品において重要な位置を占める釣りのイメージを追ってみよう。別のところでも引用したが、女主人公の蝶子が実父の豊島蝶造を訪ねたときに出くわす場面がある。かれが別棟の部屋の窓から釣り糸を池に垂らして釣りをする場面である。

痩せて肩が尖つてゐる中老人です。部屋の中にゐながら長い釣竿を出して小さい池に向つて立て膝をして綸《いと》を垂らしてゐます。手も竿もぶる〳〵慄えてゐます。わたくしたちが入つて行くと脅えたやうな顔をして、こつちを屹と見ました。鼻は峯だけ特に目立ち、頬骨の下はげつそり落ちて、濃い髭は椀の上に植ゑ付けられたやうに上唇に盛り上つてゐます。眼はどんよりしながら剝き出されてゐます。

釣りのイメージはかの子の小説のなかで一貫して家父長の暗喩として用いられているものだが、ここに描かれる蝶造は、「父は変つた。父はもうゐなくなつた。代つた父がゐる」と蝶子に感じさせる、「父の茹《ゆだ》り枯《がら》しの滓」になった姿なのだ。「とき〴〵家に来て会ふ父はいつもぴりぴり電気が身体中に充満してゐるやうな父で、傍にゐれば鋭い男性の力で間断なく爽かに打たれ続けてゐるといふ痛快な気もしました」という姿とはうって変わった、衰弱した家父長である。その衰弱ぶりは、蝶造が釣り糸を垂らすのが海でも河でもなく池だというところにも表れている。

蝶造の父親は明治の憲法発布のころ日暮里の貧民窟の東西長屋に住み、子連れで市中の山の手を貰って歩く乞食だった。扇を半扇にひらいて発明節というのを唄って門に立ったという。もとは伊勢藩の儒者の子とだけわかっていて、発明に凝ったため頭がおかしくなったと当時噂されていた。蝶造は利発さを認められて赤坂の実業家豊島家の養子となり、姉娘の婿に入り、さらに大学教授になったが、その妾の娘として生まれたのが蝶子だった。

父は蝶子に、「人間はなあ、四十を過ぎたらまた元の根に帰るものだ。二度と生涯を出直すにしても、一たんは根に帰るものだ。さうしなければとても心が寂しくてやり切れない。殊に俺のやうな無理をして伸びて来た人間はな」としみじみといって聞かせる。「ところが、俺は病気になつた。もう精魂も尽きてゐる。根に還る気力も体力もない。あせりと酒がこんなにした。たゞもうこんなに、うと〳〵しながら根を恋しがつてゐる。全くつまらん」とかれは嘆く。それが蝶子と父との別れとなった。蝶造と蝶子の名に共通する「蝶」は、生地から離れて放浪する運命を暗示しているのだろう。

2 葛の男と池の男

次に蝶子の前に現れる男性は、彼女の通う学園の園芸手葛岡と、母親の家に集まる常連の一人池上である。一人は植物の葛、もう一人は水に関わる池を名前にもっている。

葛という植物は『河明り』に描かれた蔦と同じように、他のものにからまらなければ成長できない植物である。このことはやがて葛岡が学園をやめさせられることと、祖母や母親をかかえたかれの生活の保証を蝶子が池上に背負わせることにつながっていく。蝶子は「わたくしの技量で、わたくしに対する愛を多少なりとも葛岡に対する好意に振り変えさせまして、池上に葛岡の面倒を見させ、出来ることなら、惚れた腫れたの生臭いことなしに、男女三人、きれいなお友達になつて、この寂しい世の中を互に力になり合つて過し終りたい」という「理想」を実現しようとするのだ。

一方池上は蝶子を堀割りの岸に連れていく。そこには釣船宿が二軒あり、いま沖から帰ったばかりと見える四、五艘の釣船から船頭たちが荷揚げをしている。獲ものの魚は鯔《いな》らしい。蝶子は父親のかつての海釣りの獲ものが鯔だったこと、父も娘も鯔は食べなかったけれど俗に「鯔の臍」といわれる筋肉質の臓器を好んだことを思い出す。

蝶造のあとを継ぐ家父長候補がいるとすれば、それは池上だろう。池上は「僕も獣より魚が好きだよ。今度一しよに釣に行つて見ない」と蝶子を誘うが、「さすがに先を急ぐ様子を見せ」てその場を離れる。かれは海外貿易をいわば無害な趣味として周囲からのこされた麻問屋の当主の息子で、海に縁がなくはない怜悧な青年だが、衰弱した蝶造が釣糸を垂らしていた「池」のイメージを苗字にもっている。かれがやがて蝶子を住まわせるのも、池を中心とした庭のある浜町の寮である。池上は蝶子との結婚話をすすめていくが、結婚したとしても所詮衰弱した家父長にしかなれないことを、これらのことは暗示している。しかし「一たん釣り上げかけて、ちらりと銀光の閃きを見た魚を、あはや水際で取り逃したやうな妙に気が脱けた形で、而もいよ〳〵未練は募るばかりといつた気持ちも籠らせながら」と書かれているところを見ると、池上の本質はやはり家父長なのだ。

しかし家父長の問題は、この小説の主なテーマではない。しかもここでは、学園の女性体操教師安宅先生も猟をする。彼女の葛岡への支配は投げ罠のイメージとしても、また俎《まないた》の鰻に錐一本を打ちこむ作用としても表現されている。男女を問わず人間の人間への支配力がこのような形で表現されているといえるだろう。

この小説の主要なテーマは、蝶子と安宅先生との関係のなかにある。しかしその考察にはいる前に、現在のこされている『生々流転』のどこまでが岡本かの子自身の筆になるかということについて、考えておきたい。

3 かの子はこの小説をどこまで書いたか

かの子の死後十日目にあたる一九三九（昭和十四）年二月二十八日付のパリの太郎宛の一平の書簡には、「『文学界』に三百枚以上の長編が載ることになつていて、ひたすら脱稿を急ぎつつあつた」と記されている。(2) 小宮忠彦は、「その長編とは『生々流転』のことであったと思われる。『三百枚』とは、連載の三回分に相当し、現在のこされている量の約三分の一である」という。(3) また五月十日付の太郎宛一平の書簡には、「今『文学界』に連載中の長編小説が七月に完結して夏頃改造社から出版の予約になつてゐる。題は『生々流転』といつて一少女が娘になつてまでの生命の流れが書かれてゐるものだ」とある（岡本太郎「母の死」父と子の書簡」）。小宮は、「あるいは乞食行への出立の場に戻ったあたりで完結の予定であったものかもしれない」と推測している。

しかしそれが「その小説の雑誌連載が思ひの外永引き秋頃に載せ終つて本になる」ということにな

った。

乞食行への出立の場は連載第七回の最後にあり、これでは連載は十月までかかり、「七月に完結」という言葉と合わない。「七月に完結」とすれば連載第四回まででであり、それは蝶子が葛岡をさそって赤城山麓にある安宅先生の実家へ行くために上野駅へと車を急がせる場面である。しかしこの場面は「完結」とはほど遠く、ここで終わるのはいかにも中途半端だ。

「完結」という言葉が一応あてはまるのは、第七回のごくはじめの三ページ弱のところにある、安宅先生が湖の氷に乗って霧のなかに消える場面である。冒頭からここまでは四百七十枚以上あり、三百枚よりはかなり長いが、一平は三百枚「以上」といっているのだし、三百枚とはおそらくかの子が執筆中にもらした枚数なのだろう。

わたしは次のような仮説を立ててみる。太郎に手紙を書いた五月十日の時点で、一平は蝶子が葛岡の来訪を受ける第四回はじめの場面から安宅先生失踪の場面までを、一挙に第四回分として掲載するつもりだった。そう考えれば、手紙の矛盾は解ける。しかしより現実味があるのは、次のように考えることだ。一平は『文学界』五月号のために二回目の原稿を渡し終え、太郎に手紙を書いた五月十日以降に考えを変え、三回目に掲載するつもりだった原稿を三回分と四回分に、四回目に掲載するつもりだった原稿を五回分と六回分と七回はじめの部分に分けて発表したのだ。一回分は冬樹社版の全集で七十三ページ、二回分は三十八ページ強あるのに、三回分は二十四ページしかなく、しかも寮での朝食とそのあとの場面が、場所が同じなのに分断されている。四回分は二十三ページ半、三回分と四回分を合わせても四十七ページ半であり、ここは三回目のつもりだったものを二つに割ったと考えても不自然ではない。同じように五回分、六回分、七回はじめの部分までを合わせても五十六ページであり、テーマの一体性からいってもこれが四回目のつもりだったと考えていい。

一平はこの変更によって七回目（十月号）の原稿を渡す九月中旬ないし下旬までの少なくとも四カ月を稼ぎ出し、その時間を使って七回分のほとんどと八回分と九回分を書き足したのだ。そこには十四歳で孤児になった一平の父竹次郎がかつて乞食のように放浪した太田、足利、館林など群馬の名所めぐりが描かれ、また一平も親しいものを感じて『朝日新聞』の探訪スケッチや世相スケッチでとり上げたこともある乞食生活が描かれている(4)。そしてなによりもそこには、一平が経験した一平・かの子の関係が、幇間市塵庵春雄と歌曲の名手お艶との関係として蜿蜒と語られているのである。

文体からいっても、消えた安宅先生を湖畔で探すところ以降、言葉に最大限の負荷を与えて密度の濃い〝詰めもの〟をしていくようなかの子独特の文体が消えていく。たとえば安宅先生失踪後の「お金があるうち、どつかのんびりした田舎を遊んで帰りませうよ」などという格調の低いのんびりした会話は、かの子が決して書かないものだ。このような文章のたるみは、ことに一平の書いた会話のなかに数多く見られる。

蝶子と葛岡の性の関係についても、「それこれに頓着なく、私たち二人はめうとに似たやうな関係に、いつか堕ちてゐました」という語りはあまりに緊張感に欠けている。二人のあいだに性関係が生じるのは自然だとしても、かの子は一平への配慮からそれをあからさまには書かなかったのではないだろうか。一平が池上の、新田亀三が葛岡のモデルであることは、一読すればわかるからだ。彼女は三人の男女について、「きれいなお友達」という言葉を二度もくり返して強調している。

その上二人の性関係は、いつしか絶えてしまったことになっている。そのため性の問題はこの小説のテーマになっていないように見えるのだが、次章でのべるように、性はこの小説の重要な中心テーマなのである。たとえ葛岡と蝶子のあいだの性を書いたとしても、かの子は〈堕ちる〉というような貶める言葉はけっして使わなかったにちがいない。

4　書きこまれている性の交歓

この作品をよく読むと、かの子が蝶子と葛岡の性の交わりをきちんと書きこんでいることがわかる。それは赤城山麓行きの、旅館で一夜を過ごす最初の場面である。葛岡は並べて敷かれた二つの布団の一つを片側に寄せ、その畳の空間に自分が締めていた白いバンドを縦一すじに置く。それは安宅先生と鳥撃ちやスキーに行ったとき、かれが「最初から先生に指図された作法」であった。世界のピューリタニズム研究家の先生が、鎌倉時代の禁欲者の念仏集団である遊行衆が男女混同で一室に眠るときのために一遍上人の定めた儀式から思いついた、「男女距ての作法」である。蝶子は古畳の上にねろりと横たわったその紐から却って淫らがましいものを感じて不快になる。そして安宅先生を、「世にも贅沢な人生の享楽者なのではあるまいか」と考える。

普通に流して置けば、たゞの本能の川であります。先生はそれに禁圧の堰を伏せて本能の流勢を盛り上らせます。先生は全身にその強い抵抗を感じて、官能の舌鼓を打つたかも知れません。しかも結局のところ禁圧してしまつて、そこに無理に作つた遣瀬無い思ひや不如意の果敢なさを、今度は常情以上の悲痛な液汁にして、まるで酢を好む人のやうにも先生は貪り啜つたのかも知れません。

快楽の抑圧から逆説的に快楽を得る、一種マゾヒスティックな快楽の弁証法である。しかし蝶子の安宅先生への批判の中心はそこにはなく、「恩愛の糸では決して葛岡が免れ得ないのを知つて」、かれを人生の贅沢の道具に使っていることにある。「恩愛の糸」を用いて他人を支配し、自分の人生の享楽に奉仕させようとすることにあるのだ。ここで、かの子はこれまで家父長についてだけ使ってきた釣り師や魚の料理人のイメージを、安宅先生について書きこんでいる。「釣り師がわざと力の弱い竿で大魚を綾なし、引付けつ、伸しつ、遂には自分の手へ収めてしまふ、それのやうに」、あるいは「遂に魚を手元へ収め得ないのを知つてからは、最後に恬淡を装つて悲しみの投げ罠のやうな業さえいたします」というように。そして安宅先生のおかげで変わってしまった葛岡は、野の草の香りを失い、「誰からかたつた錐一本を心の利目に打ち込まれたために」、「俎の鰻のやうに、伸びもならず縮みも得せず、観念の白眼をくり〳〵させながら全身にとどめの苦悶をぬめりとして浸み出さす」と、料理される鰻にたとえて描写されている。

蝶子は白いバンドを手にとって座敷の隅に投げつけるが、葛岡はそれを元に戻す。かれは先に横になった蝶子に、花を色変わりにさせる方法や枯れかかった松を治療する方法などを「お伽話のやうに無邪気で面白く潤色してゆつくりゆつくり」喋る。とろとろと夢に入りかけた蝶子が池上の寮や母の家で夜通し騒いでいることを思い出して眼をぱっちり開くと、「すぐそれを撫で臥せるやうに男の地声が力を張つて」くる。「その親鶏が雛鶏に向ふときのやうな太暖かい声の響き」は、蝶子に去年多奈川べりで遭った乞食の老人の声を思い出させ、またそれを媒介にして、彼女は乞食の血筋の父親がいった言葉を思い出す。こういうことが夢とうつつのあいだに何度かくり返される。「そのうちわたくしは、自分も乞食になつて満足し、気早い心で、土の上に臥てゐるやうに思ひ做されて来ましたのは妙でした。傍には気の置けない若い男の乞食がゐて護つてゐて呉れる。いまはその他、何も望むところはない。」

ここに描かれているのは、「声」のシンボルによる性的交歓そのものである。葛岡の魅力的な「男の地声」はかれの性の暗喩であり、声が禁欲のバンドを超えるとき、思想も、そして二人の肉体もバンドを超えているのである。(5)

5　プロテスタンティズム批判から山村の伝説へ

これまでのべてきたことから明らかなように、『生々流転』を岡本かの子の作品として読むためには、安宅先生の失踪（冬樹社版の全集で二七一ページ）までを一応の完結として読まなければならない。それは現在残されているこの小説の約五十五パーセントにあたり、時期からいっても文体からいっても、この部分に一平の手は加わっていないと考えていい。四月号は三月初旬に発行されるため、二月末には原稿を渡さなければならない。いくつもの遺稿を整理して出版社に渡した一平には、原稿に手を入れる時間などはなかったはずだ。

かの子が書いた部分にこめられているのは、「本能の同型」をもつ女同士の生命のつながりであり、阻まれた女のいのちを美しく完結させながら、河の流れのように受けついでいこうとする意志だといっていい。

蝶子は安宅先生にとって、「もし自分があなたになれるのだったら、なつてみたいそのたつた一人の娘」である。その点は一貫して変わらない。はじめのうち、作者は安宅先生の禁欲的なピューリタニズムへの批判を前面に出している。岡本かの子が一時救いを求めようとしたキリスト教プロテスタンティズムへの批判といってもいい。だが蝶子の安宅先生への見方も作者のそれも、作品の進行につれて次第に深まっていく。

「女の本能」をせき止めて「無理」をしたあげく、安宅先生は蝶子を葛岡に奪われる惧《おそ》れと寂しさから、葛岡に「愛の裁き」を下し、「自分は背徳者であり罪人である」とかれに思いこませてしまう。ここには、信者に原罪意識を植えつける牧師への批判さえ感じられる。蝶子の赤城行きも、蝶子を愛している葛岡を苦しめた安宅先生と談判しにいこうというものだ。

しかし二人が先生の実家で弟の話を聞くところから、安宅先生の前半生が土着的な山村社会での父親と村人たちの対立によって歪められたものとして、明らかになってくる。村には十六歳で水中に没した美しい長者の娘の伝説が伝わっていたが、農村改革、ことに若者の風儀の矯正に苛酷をきわめた父親への憎しみから、村人たちは「あの家は小沼の竜女の血筋の家だ」という噂を立てはじめたのだ。落雷とも放火ともつかない出火によって家の大半は焼失し、父親はテキサスへの移民を志して失敗し、三年後に死ぬ。可愛がっていた妹も死去した。その後安宅先生は一人の青年と婚約したが、村の娘たちの嫉妬や反感から、「あれは鱗《うろこ》娘だ。男まじはりの出来ぬ女だ」という噂を振りまかれて、婚約は破棄される。盂蘭盆の日、祖母は首をくくって自殺した。

気の弱い神経質な少女だった安宅先生は、「死んだと思へば何だつて出来ないことはなくつてよ」といいつつその性格を変えていく。三、四年後に東京から帰省した彼女は「見違へるほど強壮な女性として」、「家族の誰にも心の通じない異邦人のやうになつて」家族の前に立ったのだった。

その話を聞いた蝶子は、「先生も憐れな女」という同情を抱く。そして「直ぐにも会つて女同志として話してみたい望みが、心から突き上げて来」て、安宅先生がいるという赤城山の大沼湖畔へ向かうのである。

6　かの子の分身としての安宅先生

「氷切りの人足の泊まるといふ湖尻《うみじり》のいぶせき宿」で二人を前にした安宅先生の語りは、三晩つづく。それはこれまで蝶子が外側から見、あるいは葛岡を通して聞いてきた安宅先生の内面が、本人自身の口から語られる最初で最後の機会となった。

はじめの夜、彼女は弟が語ったことを肯定して、「私は少女時代から娘時代にかけて、育ち盛りの前を阻まれた女です」という。そして「生くるにも生きられない苦悩に追ひ詰められ」た彼女が、この暗い死の世界から「愛して取出したもの」は、「あの冷徹氷のやうな理知の短剣、独創の矢羽《やばね》が風を切る自我の鏑矢《かぶらや》、この二つ」だったと語る。彼女はそれを内へ内へと揮《ふる》って、「自分だけを自分の思ひ通りに改造し、男も要らなければ恋も要らない自分に造り上げてしまつた」。「はたから苛められるやうな性質や、敗れる性質や、辱しめられる性質は、その感受性もろとも、私の性格の中から切捨て、しま」い、「自分で自分の中の女なるものに向つて換骨奪胎の手術を施して、もはや自分の理想通りのもの、弱からず、恥かしめられず、強健な精神肉体を贏《か》ち得たつもりでゐた」のだった。弱者が自分の内面の弱さを切り捨てていこうとするプロセスである。

しかしそこには「手術残しの個所」があった。それは「女の本能」であった。彼女は蝶子の影響がその「女の本能」に呼応しはじめたとき、蝶子とあえて敵味方のようになって、「女の本能から、生から、弱さのつよみから逃れやうといふ試み」をしたのだという。それは葛岡に結婚を迫り、蝶子の乞食の素性を暴露しようとまでして、蝶子に自分を憎ませることだった。

安宅先生は岡本かの子の分身の一つといえるだろう。分身という言葉が適当でないなら、先生はかの子がそうなることを拒んだ女性の生き方の典型なのだ。彼女は最後まで、苗字と「先生」という敬称だけで呼ばれる女性である。それは彼女の観念性と、女性としての肉体の欠如を暗示している。

しかし作者は山の宿での安宅先生に、「妙に艶つぽくなつてる」という葛岡の評言を与え、蝶子にもそれに同意させている。そして氷上の場面では、「雲母色《きららいろ》の霧の中に均勢の取れたうす薔薇色の女の裸体がしず〳〵と影を淡めて遠ざかります」というイメージを与えている。安宅という安らぎを表す苗字も、彼女が最後の夜に唄ったカレワラのなかの神話のように、ついに母として、子である自分自身の白骨を甦らせるための「いのちの香油《あぶら》」のありかを見出せることを、暗示しているのだろう。「母性は」蝶子が安宅先生からたやすく「牽き出さす」「本能の同型」あるいは「心の本能」だとされているが、ややとってつけたような印象があるのは歪めない。

また作者は湖に消えた長者の娘の伝説を迷信として否定せず、村人たちの憎しみや怨念から救いだして氷上の場面で浄化し、再生させている。近代以前のフォークロアを否定的媒介として、近代の禁欲主義やプロテスタンティズムを乗りこえようとしているということができる。

7 「水の性」の女と〈無自性《むじしょう》〉の考え

安宅先生を「山の性」の女とすれば、蝶子は「水の性」の女として描かれている。先生は蝶子に、「あなたは都会生れの水の性の娘、私は田舎生れの山の性の娘」という。それでも彼女は蝶子のもつ、「流れに任せてなよ〳〵と、どこの岸にでも漂ひ寄り、咲き得る萍《うきぐさ》の花の自然の美しさを、女の本能の美しさを、うらやましく」思っている。無理をして自分の弱さを削りおとしてきた彼女は、「弱いもの、持つ勁み」を蝶子に感じているのだ。また最後の夜、彼女は蝶子にいう。

あなたは水の性、このさき恐らく格別の戯曲的な喜憂をも見ず、葦手絵《あしてえ》のやうに、なよ〳〵と淀み流れることも、引き結ぶことも、自ら図らはずして描き現はれ、書き示して、生となし死となし、人々の見果てぬ夢をも流し入れて、だん〳〵太りまさりながら、流れそれ自体のあなたは、うつ、ともなく、やがて無窮の海に入るでせう。これも一つのいゝのちの姿で浦山しいとは思ひますが、性格の違つた私の望むことではありません。

たゞ一つ、かういふことは私の大好きだつた蝶子さんに対して言つて置きませう。水の性のものは土を離れてはいけません。水の性のものはそれ自体、無性格です。性格は土によつて規定されるのです。

「水の性のものはそれ自体、無性格です」ということは、〈無自性《むじしょう》〉という大乗仏教の考え方に基づいている。一切の現象は実体としてあるのではなく、あらゆる存在との因果性や関係性において成りたっている。ものは本来無自性である。「無自性のゆえに畢竟空なり」とはかの子がもっとも影響を受けたと考えられる龍樹の「大智度論」のなかの言葉であり、この空の思想は大乗仏教の根幹を成している。

岡本かの子の「第九　極無自性心(6)」のなかの次の言葉は、まるで『生々流転』のために書かれているようだ。

水は自性無し、風に遭ふては即ち波たつ。
法界は極に非ず、警を蒙つて忽に進む。

この段階は前の諸経験を経、更にこれ等の諸経験を越へて、宇宙生命は実に蜿転微妙計るべからず窮むべからざる働きをしてゐるところを体得した心境で、其の自由さを水に譬へて、水に我儘な自性といふものは露ばかりも無く、風といふ機縁に遇ふと忽ち波立つやうに、生命はどんな必要にも早速応じてその勤めを尽す。また生命の世界を法界といふ名を以て説明して、生命の世界はこれで極まり落付くといふことが無い、呼出しに遇ふと直ぐ何処へでも働きに行く。つまり宇宙の生命と言ふものは生命といふピカピカ光つて貴さうな状態では一秒たりとも存在しては居ない。意外な賤しいもの汚いものにも変幻して、ひたすら大道の進行を計つてゐる。其の如く自由になり切つた心を此処では指します。

『生々流転』において、かの子は風との関係ではなく、土との関係で水を描こうとしている。そして水という宇宙の生命が、乞食という「意外に賤しいもの汚いものにも変幻して」「ひたすら大道の進行を計」る微妙で窮まりない働きを、書こうとしたのだろう。この文章にはすでに、『生々流転』の構想の萌芽が感じられる。

安宅先生はつづけて蝶子に、乞食の素性に怯えることなく「一度は土に親しく臥してみて、それから何事かを学ばねばなりません。性格を規定されて来ねばなりません」と忠告し、蝶子が「一度はその経験に戻る運命に在る」ことを予言する。安宅先生は蝶子を愛し、うらやみ、自分の妨げられた人生への未練や口惜しさを抱きながらも、それを乗りこえて人生を自らの手で完結させ、蝶子の未来への導き手になっていくのである。

8 『生々流転』にひそむギリシア神話

岡本かの子はこの小説を書くとき、ホメロスの叙事詩『オデュッセイア』第十三巻以下の、オデュッセウスが十年の流浪の末乞食に身をやつして王宮に戻る場面を念頭においていたのではないだろうか。瀬戸内によれば、外遊時代のかの子は恒松の買いこんでくるエジプトの本をかれに読ませて吸収することに努めていたという。邦訳されていたホメロスなどは、もちろん読んでいたにちがいない。『生々流転』を読みこんでいくと、主要な人物像にギリシア神話の神々が重ねられていることがわかってくる。(7) たとえば猟をする安宅先生には、野生動物の女主人で女狩人でもあるアルテミスのイメージがこめられている。アルテミスは誕生、多産、人間や獣の子の守護者であり月の女神でもあるが、その怒りは恐ろしく、弓矢によって人をも殺す。彼女はいつも猟犬を連れて野山を駆けまわっている。父ゼウスによって処女性を保障されている彼女は、男嫌いで結婚を拒絶する潔癖なパルテノス（乙女）である。

しかし最後の日の夜明け、安宅先生は愛欲と美の女神アフロディテ（ヴィーナス）に変身する。湖辺の霧の描写のあと、「白濁全体としては真珠色の光を含み、私たちは巨きな鮑貝《あわびがい》の中に在るやうにも感じられます」とある。そして氷塊の上に乗った安宅先生は着ていた裏毛付の冬外套をさっと脱いで遠ざかり、霧のなかから「どう、この私、真珠貝の中から生れたヴヰーナスの像に見えない⁉︎」という声が聞えてくるのだ。

安宅先生のために鼬の罠をつくったり、しばしば猟やスキーのお供をしたりする葛岡には、アフロディテに愛される美少年アドニスの面影が宿っている。アフロディテの愛人アレスはアドニスを妬み、狩りの最中に猪を差し向けてその鋭い牙で急所を突き刺して殺した。悲しんだアフロディテは、その傷から流れた血をアネモネの花に変えたという。

葛岡にはアドニスだけでなく、毎年死んで甦る植物神という性格からしばしばアドニスと同一視されるディオニュソス神が宿っている。葡萄と葡萄酒、音楽、舞踊、演劇の神であり、信者を狂気と陶酔へと誘うディオニュソスは、髪に葡萄の蔓を巻き蛇（男根）の形をした杖をもった姿で表現される。かれは植物と縁の深い葛岡にふさわしい神なのだ。前述した旅館での夜の場面に描かれている蝶子の陶酔にも、理性や秩序からの解放をもたらすディオニュソスの存在が感じられる。

ディオニュソスは狂乱のうちに飲み騒ぐ信女（マイナス）たちや半獣の好色な精霊サチュロスの群れをひきつれて、自分の信仰と葡萄を広めてまわった。信女たちは野獣をとらえては引き裂き、その生肉を食べては撒きちらし、生き血を飲み、澄んだ泉の水で水浴し、草の上で眠った。サチュロスたちは笛を吹き、シンバルを打ち鳴らして踊り狂った。ディオニュソスはユーフラテス河をこえてインドまで行き、帰途フリュキアに立ちよって、大母神キュベレにかれが狂気のうちに犯した数々の殺戮の罪を清めてもらい、密儀を授けられた。かれは故郷テーバイに戻り、また各地で抵抗や迫害に遭いながら不思議な神威でそれを排除し、女たちが山中で狂乱しておこなうバッコスの祭りをギリシアじゅうに蔓延させた。

蝶子の乞食行には、このディオニュソスの放浪のイメージがひそんでいるように思える。乞食は「土に親しく臥す」存在だが、かれらは川という形で水を生きている。川岸がコンクリートで固められ乞食がホームレスに変わってしまったいまでも注意深く見ればわかることだが、乞食と川べりの結びつきは長く深いものがある。多摩川河畔の旧家で育った岡本かの子は、そのことを経験によっても知っていたにちがいない。蝶子のさすらう河畔には乞食だけでなく、放浪する大道芸人や願人坊主や家出人などが住みつき、家畜の密殺、皮はぎ、皮なめしなどがおこなわれていたにちがいない。川べりには定住者の日常とは異質な一種の祝祭空間が形成されていたのだ。

蝶子たちの一行は、多奈川のほとりの故郷に一度は戻るのではないだろうか。そこで母の墓に詣で（あるいは母を埋葬し）、帰路フリュキアに立ちよったディオニュソスのように癒しと悟りを得るだろう。あるいはオデュッセウスの帰館のように、蝶子の旅はここで終わるのかもしれない。母から娘への生命の受けつぎが、なんらかの形で書かれたと考えられる。蝶子の母親は三月越しの看病を娘から受けたのち、彼女の乞食行の二日前に「嫌な人生のお芝居を形見に残して」死んでいる。一方かの子自身の故郷では、兄と母の死後父親の出資していた銀行が破産し、彼女はもっとも苦しい時期に実家の助けを求めることもできなかった。かの子は故郷にたいしては、複雑な思いを抱いていたにちがいない。

葛岡がディオニュソスなら、池上はアポロンだろう。アポロンは予言、詩、音楽、呪術、医術の力をもった神で、ギリシア的な美青年として描かれる。かれは父ゼウスの命令でパルナッソス山の麓のデルポイに行き、大地母神ガイアの宣託所を守っていた大蛇ピュトーンを殺して宣託所を自分のものにした。かれが下した宣託のうちでもっとも有名なのは、生みの母を殺したオレステスを無罪とした宣託である。それは子どもに生命を与えるのは父親だけだとする、父権主義にもとづく判定だった。この物語はアイスキュロス作の劇『慈みの女神たち』などによって、よく知られている。そのなかで、アポロンはいう。「だいたいが母というのは、その母の子と呼ばれる者の生みの親ではない、その胎内に新しく宿った胤《たね》を育てる者に過ぎないのだ。子を儲けるのは父親であり、母はただあたかも主人《あるじ》が客をもてなすように、その若い芽を護り育ててゆくわけなのだ。(8)」腹は借りもの、というわけだ。アポロンはゼウスより新しいタイプの、より洗練された父権主義者なのである。

アポロンは多くの恋をしたが、いつも女性の心を得たとは限らない。かれは河の神の娘ダフネに思いを寄せたが、彼女は月桂樹に変身してアポロンから逃れた。月桂樹はこうしてアポロンの聖木となったのだ。蝶子は明らかにダフネのイメージを受けついでいる。彼女はアポロン池上に愛ではなく、月桂樹の与える霊感と詩的情熱をもたらすだろう。

なお岡本かの子が知っていたかどうかわからないが、かつてはダフネを祀る巫女たちが、ダフネの神殿のある谷間で月桂樹の葉を噛んでいたという。アポロンがデルポイの神殿を支配するようになって以降、月桂樹を噛むのはデルポイの巫女たちに限られるようになったのだった。

ほかの人物についていえば、娘に独身の運命を与えた安宅先生の父親はアルテミスの父ゼウスに、蝶子の父豊島蝶造は河の神に比定することができる。河で釣りをするのが蝶造の本来の姿であり、人工の池で釣りをするなどは衰弱した姿でしかないことを、このことは物語っている。

登場人物にギリシア神話の神々を重ねたことは、河、池、葛、釣り、猟など自然に関わるイメージを多用したこの小説に厚みと意味の重層性を与え、神々の像を追うことを通してこの未完の小説を読解し、その完成した姿を予想することを可能にしている。

9 「河の女」と「土の男」

もしかの子がこの小説を書きつづけたとすれば、蝶子は安宅先生のいうような「水の性」の女というだけでなく、「河の性」の女として書かれただろう。そのためには、かの子の死後発表された『河明り』の創作があずかって力があったと思われる。

『河明り』の冒頭で、語り手は「私が、いま書き続けてゐる物語の中の主要人物の娘の性格に、何か物足りないものがあるので」と語りつつ、「水のほとり」を求めて河沿いの家を探しにいく。そして最後には、「河には無限の乳房のやうな水源があり、末にはまた無限に包容する大海がある。この首尾を持ちつゝ、その中間に於ての河なのである。そこには無限性を蔵さなくてはならない筈である」という認識を得て、「結局、私は私の物語を書き直す決意にまで、私の勇気を立至らしめたのである」というところに達している。「河は過程のやうなものでありながら、しかも首尾に対して根幹の密接な関係があることが感じられる」という言葉もある。『河明り』を書くことによって、語り手の「水に対する感じが、ほとんど前と違つてゐる」ことが表現されているのである。

「いま書き続けてゐる物語」とは、『生々流転』のことだと考えていい。この時点でかの子がこの作品をどこまで書き進めていたか、どのように書き直したかは、遺稿の一切が戦災で消失してしまったいまとなっては確かめようがない。しかし『生々流転』の蝶子は、『河明り』の「娘」より深く河の無限性を生きる女として書かれようとしていたことは明らかだろう。なぜなら『河明り』の女主人公は、「河の娘」でありながら「海の男」に惹かれ、やがて裏切られる娘なのだから。

「河の性」の女は、川の水をせき止めてつくった池上の「池」に住みつづけることはできない。むしろ植物の方が河に近い存在である。葛岡の名前に使われている葛も、多摩川周辺の丘陵地帯には息苦しいほど繁茂する植物なのだ。植物の名をもつだけでなく園芸師でもある葛岡は、明示されてはいないがまさに土に近い男性、「土の性」の男なのである。「男の地声」の場面の、「わたくしはたゞこの四月ほどの間の疲労熱を冷たく湿つた土に吸ひ取らせて、ぐつすり眠りさへすればいゝ」という言葉は、そのことを物語っている。

同じ場面で、蝶子は葛岡を「若い男の乞食がゐて護つてゐて呉れる」と感じる。葛岡は「土の性」の男であり、職を失ったあとは「若い男の乞食」ですらある。彼女自身も自分を、「楽しい女乞食、女乞食、女乞食——と朦朧に意識する」。

わたしは蝶子の乞食行には、なんらかの形でディオニュソス葛岡が同行しただろうと思う。おそらく別人の姿をして、かの子独特のシンボル操作によって類似性を暗示しつつ、同一性を隠しながら。かれは「若い男の乞食」として、蝶子を護らなければならないのだ。私的所有から解放された川べりでの乞食生活のなかで、蝶子は土を離れずに「土に親しく臥し」、「土によつて性格を規定されて」いく。それによってはじめて、蝶子は「無窮の海へ入る」ことができるのだ。その乞食行に、葛岡は不可欠の存在なのである。

アポロン池上もまた、蝶子というダフネ＝月桂樹に惹かれてその一行に加わるのではないだろうか。そう考えると蝶子の乞食行の一行が、まさに岡本かの子自身がつくっていた特異な家族そのものだということがわかってくる。

10　女のいのちの受けつぎ

書かれるはずだった『生々流転』にこめられている「女のいのちの受けつぎ」というモチーフは、死の一年あまり前に発表した『落城後の女』に源の一つがあるとわたしは考えている。ここには「瞳の黒い女」をキーワードに、女から女への生命の流れが書かれている。この作品の前書きは次のようなものだ。「この小説の題をまた『女の河』ともいふ。（改行）女の生命の脈絡は摩訶不思議である。地の中の河のやうに、人知れず流れてゐる。そこに意志ありとも思へない。しかし、卒爾ではない。」

女たちが大阪城本丸の局で敵将の生首におはぐろをつけている不気味な場面からはじまるこの中篇小説は、女が男からこうむった「生きるに生きられず、死ぬにしなれず」というひどい苦労からくる怨念と、それからの解放がテーマになっている。

お玉は「今まで男のためになめた口惜しさ、物足りなさ、怨めしさ、そんなもので凝り固まつたやうになつたわたしの魂――これだけはわたしが死んで行つても死に切れないでこの世にのこるものなのよ」といい、「あたしが持て剰した女の魂を次に担つて貰ふ」ことを、同じように瞳の濃い女であるおあんに求める。もう一人の斧《よき》という関東の回し者である醜い忍びの女は、「わたくしは復讐で一生を目茶々々にして仕舞ひ、女の幸福といふことを一つも知りませんでした。あなたさまは、どうかわたしに代つたつもりで幸福に――」といって死ぬ。おあんは「ここでもまた一人の同性から代つて生きてやらなければならない生の負担を頼まれた」と感じる。おあんは父権制社会で苦しんだ女の怨念に感応する女性である。

『落城後の女』にこめられている怨念や復讐のテーマは、しかし大阪城落城後は急速に薄れていき、宗五という青年をめぐる二人の女という別のテーマと入れ替わっていく。宗五との結婚をやめた小菊という若い女と同行することになったおあんは、「ここにまた一つの命の流れの添ひかかるのを感じた。」そして小説は次のように終わる。「女にいのちあり、女のいのちに繋りあり、そのいのちの流れによつて脈を生む女の河の地図からいへば、つまりこの篇の書き出しにいつたやうな感想が浮ぶ。『離合集散の姿は必しも卒爾ではなささうだ。』」卒爾とは、「突然のさま」「にわかなさま」という意味をもつ言葉だ。女のいのちのつながりは突然起こるのではなく、流れつづけた地下水脈をもっている、ということだろうか。

『生々流転』の安宅先生は、お玉と同じように「生くるに生きられず、死ぬにしなれず」という苦しみを通ってきた女性である。岡本かの子は大乗仏教の研究による人間性の探求を経て、(9) けっして成功作とはいえない『落城後の女』を書き、さらに憎しみや復讐を超える母と娘のいのちのつながりを充全に表現した『家霊』を書くことによって、男性と父権社会への怨念や復讐心の呪縛から解放され、女のいのちの流れの表現へと到達したのではないだろうか。壮大な生命の讃歌を書くことは、かの子が外遊時代から語っていた小説への夢であった。[10]『生々流転』は、岡本かの子が自分自身を主人公にして壮大な水の生命の讃歌を歌い上げる、一大叙事詩になるはずだったにちがいない。

11　一平による「家」の介入

前述したように、わたしは小宮と瀬戸内がそれぞれ推理したより多くの部分を一平が書いたと推測している。それは安宅先生が氷の湖に消えたあと一行あけて書きつがれている、「すぐに宿の主にわけを話して」以降である。

一平は、かの子がこの小説にこめた「女から女へのいのちの受けつぎ」というテーマをかれなりに把握していたらしく、加筆した部分にも通俗的な文体ながらそれを書きこんでいる。その一つは死んだ母親がのこした紙片を読んで、蝶子が噎《むせ》び泣くところだ。「『おつかさん、おつかさん、判りました。あんたも哀れな女の一人でしたね』（改行）さういふとき、また、わたくしは、どさりとまた一つ自分の心に重荷を被《かづ》けられる気がしました。あ、あ、わたくしは一体いくつの人のいのちの重荷を背負へば窮屈から許されるのでせうか。わたくしとは別仕立の人間のやうに思つてゐた母から、こんな重荷を背負はせられやうとは夢にも思ひ設けませんでしたのに。」

聾唖を装って乞食をしていた蝶子が材木店のご新造の話を聞き、「美しい不如意の恨を尚も一人の女の間にこの末永く残さうために」無感覚を装って立ち去るところにも、それは感じられる。ご新造は姉の死後その夫と結婚したのだが、「自分もおまへの姉の思ひ出を捨てるから、おまへも自分といふものを捨てて、すつかり姉の気持になり代つて呉れ」と夫に頼まれて、悩んでいるのだ。

そのずっとあとには、「没《な》き父のかずけたいのち、なき母のかずけたいのち、うつし身のま丶霞を距て丶負担を負はされてゐる感じの安宅先生や池上、葛岡の不如意のいのち」について蝶子が考えるところがある。しかしここでは男も女もごっちゃになっている上、「趣あるかな水中の河、その河身を超越の筏に乗り同死同生の水棹《みさを》で掻き探るとき、掻き寄すれば歿き父以下数脈のいのちの流れは、わたくしの一筋のいのちに入り、放つとき、わが一筋のいのちの流れは彼等の数脈の中に融け入ります」というだらだらした文章はどう見てもかの子のものではなく、彼女の意図を表現してもいない。とくにその直後の「謎々、なあに、照る日にからかさ」という独白は、まさに一平のものだ。

そして最後は、市設の会館の女経営者（マネージャー）になった蝶子が度々出演を頼んでいた「東都の歌曲の名手」お艶の人生を、その死後お艶のいわゆる「おぢさん」である市塵庵春雄が蝶子への恋文のなかで語る、という筋立てになっていく。ここにはかの子の姪にあたる鈴子への一平の恋情が表現されているといわれる。ここで女の人生の語りは女ではなく、女を支えた男によって引きつがれることになる。

女たちが背負う人生の重荷の内容も、一平の筆にかかると微妙に、しかしはっきりちがってくる。安宅先生にとって「女の本能」は女の感性や肉体であり、性欲といってもいいものだが、一平が蝶子の母に想定する「女の本能」は、「自分のいのちを子に持ち伝へさせやうとする本能、その家そのものになり切つて家を子に持ち伝へさせやうとする本能」として表現される。「家」が介入してくるのである。春雄の父は幇間の大師匠で、「名誉餓鬼」であった。自分の家系を天才的な家系と信じきっているかれは、家名挽回の志を息子に託した。「何でもいいから日本一になれ」といって十三歳の春雄を自分の崇拝している鯉丈のもとに弟子入りさせたのだ。この話には一平の「泣虫寺の夜話」などに書かれている、かれ自身が父親から託されていた家名再興の願いが投影している。

しかし家そのものに「なり切つて」家を子に伝えるなどというモチーフは、かの子の作品にもエッセーにも書かれていない。むしろ『家霊』に見られたように、父権の家を裏切って女から女へのいのちの受けつぎを書くことが、かの子の窮極のテーマであった。「自分といふものを捨て」るテーマや家を肯定するテーマを入れこまれては、『生々流転』の作品世界が崩れてくるのは当然だろう。

12　一平の加筆がもたらしたもの

「諸行無常」という言葉も、かの子の執筆部分にはなく、一平の加筆部分に頻出する言葉である。「あらゆる現象は変化して止むことがない」という意味をもつこの言葉について、かの子は「無常」という文章を書いている。(11) まず彼女は「私達は諸行無常ということにひどく寂しさを感ずる」と書き出しながら、最後はこう締めくくっている。「諸行無常とは何も花が散つたり嵐や地震の起つたり、人の死ぬことばかりに当てはめて計りいてはいけない。草木の発芽も、温かい太陽の照ることも、赤坊の誕生も、人間の立身出世も国運の発展も亦諸行無常の一部であることを自覚して、自由快適な変化に従つて行くやう心懸くべきである。」日本では悲観的、詠嘆的にとらえられている諸行無常を、かの子は生命の循環のなかで肯定的にとらえなおそうとしているのである。

かの子の死後、一平は太郎宛の手紙に、「僕はおかあさんと再会するまでおかあさんの『業』のため、闘ひに闘ひ抜かうと思つている。相手の敵は『諸行無常』であるであらう」と書いている。そして『生々流転』における諸行無常についての最後の言葉は、「諸行無常ならずしてどうして次へ動歩のバウンドがつきませうか。諸行無常それ自身、人生の花鳥風月の装ひに外なりません」というものだ。諸行無常を肯定的にとらえようとしてはいるのだが、一種の処世哲学と人生の装いであり、かの子の「無常」に見られるような生命循環の思想は望むべくもない。

岡本一平が市塵庵春雄の語りに託した告白はそれなりに面白く、かの子研究のためにも役立つものだ。しかしかれはそれを『生々流転』のつづきとしてではなく、自分の作品として、自分の署名で発表するべきだった。一平がおこなった死後のかの子への同一化には、自分が岡本かの子の演出家で創り手だったという無意識の傲慢さがひそんでいる。

『生々流転』は一平による大量の、しかもかの子の名を使った加筆によってその中心テーマを混乱させられ、正当な理解と評価の道を閉ざされてしまった。それは石川淳がいうように、「いつたいこの『生々流転』といふ小説はどうすればかうだらだらと長たらしいのか」というようなものになってしまったのだ。[12] 石川は岡本かの子をかなりよく理解し評価しながらも、『生々流転』に関しては、「ことに娘の坂東名所めぐり以後」について「だらだらした見かけの長たらしさ」を指摘し、「娘が乞食になつて以後」は「たれはばからぬ縁起観の洪水」だと批判している。そしてとくに長たらしさについて、「作者がおさへがたい情熱に浮かされ、手製の調子に乗りつつ、われを忘れて書きまくつてゐる」といい、またそれが「およそ小説を書かうとこころざす女人の通性である」といっている。しかしわたしの分析では、ここは男性である一平が書いたところなのだ。一平はこの加筆によって、作品の生命を殺してしまった。

岡本かの子は一平の支えなしには、あれだけの仕事をなし遂げることは到底できなかっただろう。しかし一平のしたことは、夫であろうと肉親であろうとしてはならないことだった。一平はこの加筆によって、かの子が洞察し表現した通り、家父長的な人間であることを自ら証明してしまったといわざるを得ない。

『生々流転』は安宅先生失踪の場面で、中断されたままであるべきだった。今後出版される全集や著作集でも、ぜひそうしてほしいと思う。そうすればこれを読み解く努力が横道にそれることはなく、時間はかかっても「女から女へのいのちの受けつぎ」という中心テーマが浮かび上がってくるにちがいない。そして乞食行の縄文的・ディオニュソス的カオスのなかから、壮大な生命の讃歌が沸き上がってくることも不可能ではないかもしれない。それはかの子が若いころに参加した『青鞜』の意図とも一筋につながる道であり、彼女の生涯と仕事を正当に評価し、位置づけることを可能にする道なのである。

注

（1）瀬戸内晴美『かの子撩乱』『婦人画報』一九六二年七月〜一九六四年六月。

（2）岡本太郎「母の手紙――『母の死』父と子の書簡」婦女界社、一九四一年十二月、所収。『岡本かの子全集』別巻一、冬樹社、一九七八年、より引用。以下一平の太郎宛手紙については同じ。

（3）「解題」『岡本かの子全集7』ちくま文庫、一九九三年、所収。

（4）注（3）に同じ。

（5）この場面の原型は、瀬戸内が新田亀三から聞き出したかの子と新田の出会いの場面にあるように思われる。かの子が慶応病院で痔の手術をしたとき、当直だったかれは手術のあと痛がって泣き叫ぶ彼女に、モルヒネの注射をしたのだった。瀬戸内はその次の場面を、『かの子撩乱』で想像をまじえてこう書いている。「かの子がモルヒネの効いてきた甘い陶酔の中から、はじめて痛みの去った目をひらくと、目の前に、ぼうと霧につつまれたような男の幻が浮んでいた。背の高いやせた男は、青白い彫の深い顔に、長髪を乱れさせ、眼鏡の奥の目は、どこか昏く憂愁をたたえてかげっていた。かの子にはそれが濃密な夜のビロードのような闇をてらす華麗できゃしゃな一本の西洋蠟燭のように映った。かの子は思わず、半身をおこし、その幻の方へ両手をさしのばしていた。（改行）モルヒネの効いている目に映じた若い医者の俤はその瞬間からかの子の心眼にかっきりと焼きつけられてしまった。」かの子はおそらくこのときの場面を、『生々流転』では視覚を聴覚に置き換えて表現しているのだろう。

（6）『総合仏教聖典講話』交蘭社、一九三四年十月、書き下ろし。

(7) 以下ギリシア神話については呉茂一著『ギリシア神話』(新潮社、一九六九年)、バーバラ・ウォーカー著・山下圭一郎ほか訳『神話・伝承事典——失われた女神たちの復権』(大修館書店、一九八八年)ほかを参考にした。

(8) 『ギリシア悲劇全集』第一巻(人文書院、一九六〇年)

(9) たとえば憎しみについて、かの子は同名の文章でこう書いている。「憎みは憎みとして胸に持ちつつ、少しでも理解の掌でその胸を撫で乍らとにかく自分の立場を保つて行くことです。すると、たゞの憎みの結果とは余程違ふ余悠をもつてその対照者にも好感を与へ、それがやがて、自分の立場を保つ立派な砦《とりで》となるかも知れない。ただの憎みは獣の憎みです。相手に牙《きば》を剝《む》かせるばかりです。却つてますます身を危地におとしいれるだけです。」(『仏教読本』第三十課「愛・憎」、大東出版社、一九三四年、所収)。

(10) 瀬戸内は前掲書で、「また、この頃からかの子はやがて書くべき小説について、自分の抱負や夢を三人にむかって語るようになっていた」とのべている。「人類の根源にさかのぼって、爬虫類時代からの、生命力を追求して書きたい。それから水が山奥の渓谷に湧き、細い谷川になり、平野に下り川になり、河に拡がり、やがて海へそそぎこんでいく生命力、それが七つの海にあふれて、絢爛豪華な夢の虹をかけわたす……そういう壮大な生命の讃歌をテーマに小説が書きたい。」

(11) 注(6)に同じ。

(12) 石川淳「岡本かの子」。「岡本かの子論」として『近代日本文学研究　昭和文学作家論　上』小学館、一九四四年四月、ほか所収。『岡本かの子全集』別巻二、冬樹社、一九七八年、より引用。

岡本かの子の秘密

一九九二年の十月から刊行しはじめている自選評論集『高良留美子の思想世界』全六巻（御茶の水書房）の最終巻のあとがきを書き終えて、数日になる。人が長い仕事を終えたときに陥る虚脱感や失墜感が、わたしにも訪れつつあるようだ。すでに書き終えたものを分類し、加筆訂正し、引用文を照合し、対談し、校正するという二年間にわたった作業は、他の仕事と平行しながらだったとはいえ、書き手を一種〈過去〉のなかに閉じこめる。いま、その過去から解放されて、無事に現在に着地できるだろうかという不安が、ときおり身体を横切《よぎ》る。

この選集には入れられなかったが、ぜひ次の機会にまとめたいと思っているのが、樋口一葉、与謝野晶子、野上弥生子、岡本かの子など近代女性作家たちの作品の深層を読み解く試みである。なかでも岡本かの子の作品解読は、自分でも予期しなかったほど面白く、発見の喜びを感じさせてくれるものだった。

岡本かの子という作家は、なんとなく近寄りがたいという感じがしていたが、あるとき『老妓抄』を読んで、その文章に妙な力があることに気がついた。文章のいたるところに結び目のような、力こぶのようなものがはいっていて、読みとばすことを許さない。描写を装っているが、描写とはいえない。立ちどまれ立ちどまれと文章自体がいっているようで、いざそこで立ちどまって考えようとすると、まことにそっけない。何も語ってはくれない。

かの子の文学に隠されたものがあることに気づいたのは、母性の問題に誘われて『母子叙情』について考えていたときのことだった。この小説には副人物として鏡子という女性が出てくるのだが、この女性が鏡というその名前にふさわしく、女主人公「かの女」の分身だということ、そして鏡子に仮託された、夫の死後もつづいている夫への憎しみがかの女の夫逸作への憎しみの隠された表現だということに、わたしは気づいたのだった。

さらに、『母子叙情』によく使われている蔦《つた》のイメージが、この小説の秘密を解くためのキー・イメージだということが次第にわかってきた。蔦の新芽は画学生としてパリにいるかの子の息子一郎の生命力の象徴として、作品の冒頭に描かれている。そしてその蔦のつるは、かの女と夫逸作の家の塀と門扉にからまり、閂《かんぬき》にまでからみついて門を開《あ》かなくしているのだ。二人は門の脇のくぐり門から出入りしているらしい。

この蔦のつるの有様が象徴するかのように、この家は夫婦の解きがたい葛藤にからまれた家である。息子は親たちのはげしい矛盾のさなかに、いつしか生命力たくましく成長してしまったが、蔦が何かにからまらなければ成長できないのと同じように、経済的にはまだ親の仕送りのもとにある。精神的にも、一郎は幼いころから「稚純な母の女心のあらゆるもの」を吹きこまれて心が飽和してしまったらしく、どうやら女性に恋をすることができなくなっているようだ。

一方、後姿が一郎に似ているためかの女が付きあうことになる規矩男という青年とその母鏡子の住む家にも、蔦が這っている。しかしこの蔦は門扉にはからまっていないようだし、門の門のついた木扉は「両方に開」かれる。規矩男の家の門扉が開かれることと、作品の結末で規矩男が母の影響から逃れて家を去り、理論物理学徒として自立していくこととは、対応しているように思える。かれは母親に押しつけられていた婚約も、破棄してしまったことが示されている。

しかし鏡子と蔦との関係はどうなのだろう。夫の死後も憎しみに閉ざされているように見える鏡子は、蔦から自由になったのだろうか。そう思ってページを繰り直し、鏡子が登場する場面を読み直したわたしは、おびただしい言葉のあいだに「蔦の葉の単衣《ひとえ》が長身の身体に目立たぬやう着こなされてゐた」という一行を読んで、誇張でなく、背筋が寒くなるのを感じた。蔦の葉の単衣は、夫の死後もなお彼女をとらえている家制度、あるいは閉ざされた家族のシンボルとして鏡子を封印しているのである。この一行はまことに「目立たぬやう」に書きこまれていて、意識して探さなければ見つからなかっただろう。このようなところに作品の秘密を隠した岡本かの子は、いつの日か秘密が発見され、作品が解読される日がくるのを、予期していたのだろうか。

「蔦の葉の単衣」を見つけたとき、わたしは背筋が寒くなっただけでなく、岡本かの子がうつむいていた顔をわずかに傾けて、「見つかった?」とかなんとかつぶやいたのを聞いたような気がした。その顔はほとんど嬉しそうではなく、いくらかはにかんだような、そして陰惨な顔だった。

岡本かの子の文学の鍵は、蔦だけではない。魚と釣、釣堀、生洲《いけす》などが、その秘密を解くための主要な解読コードではないかとわたしは考えている。果樹と果樹園と庭師のイメージについても、考えてみたい。かの子が書いたのは、女性がとりわけ家父長制にまつわるさまざまな感情を身近な者にたいしても、いや身近な者にたいしてこそ隠さなければ表現できない時代だった。その一つ一つを解読していくとき、かの子はその都度、ちがった表情を見せてくれるように思われる。

モノローグでない小説世界――宮内淳子著『岡本かの子―無常の海へ』

岡本かの子という作家については、かの子没後から岡本一平、川端康成、亀井勝一郎などによって「いのち」と母性とナルシシズム、旧家の「家霊」の重圧、「滅びの支度」などをキーワードとするかの子神話ともいうべき読みの定石が形成されてきた。それにたいして石川淳や武田泰淳はより豊潤なかの子像を示唆したが、一九九三年からはちくま文庫版の『岡本かの子全集』の発刊によって、さらに広汎で深いかの子文学の読み直しがはじまることが期待されている。

そのなかでも女性の視点からの読み直しは、もっとも期待できるアプローチではないかとわたしは考えている。なぜならいわゆるかの子神話の形成には、宮内氏のいうように、「血統」や「母性」を重視した「支那事変」以後の民族主義の高まりの時代の影響や、プロレタリア文学弾圧後の、一切の理知的なものから離れて母性の幻想のなかで安らぎたいという男性の願望や男性的価値観の介入が作用していたと考えられるからである。著者はそれらの条件を考慮しながら、書かれたものを丁寧に読むことを通して、かの子作品の見直しをはかろうとしている。

宮内氏は序論のなかで、かの子が少女時代から終生つきまとわれていた「つき止めにくいあこがれ」について語り、また『河明り』の一節に典型的に表れている「無限性」に注目している。これらは、この本の全体を通底して流れる著者の視点でもあると思われる。

男性の願望や男性的価値観の介入への反論として注目したいのは、『女体開顕』と『小町の芍薬』について論じた二篇の評論である。そこでは女性主人公たちが男性のつくり出した女性の嗜虐性の神話（男の生首を下げてもつユディトの物語）や「女性的なるもの」への夢を解体し、砕きながら、その物語や夢を「盡きせず限りない」相互運動や放浪のなかに放っていることが、フェミニズム理論とも重ねながら明らかにされている。

かの子の思想と文学、表現と文学の関わりを読みとく上で重要な意味をもつ本書の特徴は、第一に、かの子が深く学び、信仰した大乗仏教の「空」の思想に着目し、かの子作品の女主人公にしばしば見られる自意識から自由な無垢性や「無自性」をとり出していることであり、第二に、かの子の最初の表現形式である短歌を読みときながら、短歌から小説へと移行したかの子がどのようにして短歌とはちがったモノローグでない小説世界をつくり出していったかを考察していることである。

女主人公たちの「無自性」については、『河明り』を論じた「『南』への意志」の後半にくわしい。無自性とは、「諸存在が実体として（自性として）あるのではない」ことを示す。「本来ものはすべて無自性であるとするこの考え方は、『空』の思想であり、大乗仏教の根幹を成す」と著者はのべる。『河明り』の娘がそのような〝無自性の娘〟とされていて、それは因縁において「絢爛な諸相を呈す」のである。『金魚撩乱』の真佐子もそのような女性だといえる。

このようないわば凹型――これは宮内氏の言葉ではないが――の主体の在り方の指摘は、従来のナルシシズムや母性を充填させられた凸型のかの子像や、作者と同一視された女主人公像への批判を可能にするものだろう。

『河明り』論にはそのほかにも、この小説が書かれた一九三九（昭和十四）年当時のシンガポールへの日本の国策としての南進政策と、「頭の中に〝国策〟といったものを持つ人は一人もいない」作品との落差や、かの子にとっての「南」への意志と大乗仏教との関係、とりわけ作品中の「竜宮」と『龍樹菩薩伝』との関係など、重要で興味深い指摘がなされている。

『老妓抄』を論じた「広がる声」では、作品の末尾におかれた短歌「年々にわが悲しみは深くしていよよ華やぐいのちなりけり」を手がかりとして、この短歌と小説『老妓抄』との「発声法」のちがいが考察されている。ここでは「老妓はいつも誰かに話しかけようとしていた」と老妓のコミュニケーションの意志が重視されながら、しかし老妓一人のモノローグにするのではなく、「柚木に現実離れしていると批判されることで、かえって老妓の願いは現実味と説得力を増すのである。むしろその中でゆっくりと熟して、現実離れしているという考えを、乗り越えさせてしまう」と著者はいう。「『華やぐいのち』を特権として作用させず、かの子はいったんそれを手放して見ている。老妓を他人と交差させ、その批判と共感の中に置いておくのである」と、テクストの非モノローグ性が明らかにされている。また主人公の願いが基本的にモノローグの性格をもっていた『金魚撩乱』『老主の一時期』『落城後の女』などから『東海道五十三次』『老妓抄』『家霊』などへの変化が跡づけられている。ここではこれら後期の小説の括弧の扱いへの丁寧な分析に、説得力がある。また著者の短歌への造詣と感受性は、「『桜』の変容」の章にもよく表れている。

座談会やエッセイで「支那事変」以後の民族主義の高揚に声を合わせた岡本かの子が、小説では批判精神を保っていたことは、『河明り』の海の描写にも表れているが、宮内氏はこの問題を「街道を語る人々」の章で、『東海道五十三次』についてとり上げている。かの子は「血」への言及だけは排し、「移り変わる時代の中で憧憬が再生され、続いていく様」を書いたのだった。このことはかの子における文学と思想、文学とイデオロギーの問題としても、さらに考察されることが望まれる。

『南』への意志」のなかで、著者は「根本的に『告白』の意志を欠いたかの子の姿勢は、近代の文学の中でもきわめて異例であった」とのべている。私見では、かの子は自分の作品が「告白」として読まれることは望まなかったが、その作品には、物語の海底深く群生する珊瑚のように「告白」ないしそれに当たる表現が息づいていると考える。またそれに関連して、かの子の主な代表作は家父長制、家族解体、母性の加害、母と娘・母と息子、男性性解体、娘の尊重などを思考するフェミニズム批評によって、その深層に沈められた記号表現と記号内容の関係が明らかにされると考える。しかしこのことは、かの子の表現形式の特徴の考察に重点を置いた本書の価値を減ずるものではない。

この本は女性によって一冊にまとめられたはじめての岡本かの子の作品論であり、敏感で微妙な筆づかいを通して、男性によって〈語られる女〉〈読まれる女〉としてのみ存在してきたかに見える従来のかの子像のなかから、〈語る女〉〈書く女〉としての新たなかの子像が浮かび上がってくるのを感じた。

（一九九四年十月、武蔵野書房刊、二、四〇〇円）

近代女性文学の深層——岡本かの子を中心に

1　魚が女性のシンボル

二年ほど前、わたしは詩人で女性史家の堀場清子さんの個人誌『いしゆたる』第十四号の特集「中国と結ぶ」のなかで、中勝花《スンスンファ》さんという方の書いた「魚が語る女性」という文章を読み、遠い昔の中国で人々が魚を女性のシンボルとして崇拝していたということを知りました。

西安郊外の半坡《ばんぽう》遺蹟から出土した彩陶器にも、生き生きした魚の姿が描かれていて、とりわけ「双魚が人間を生む」図柄が注目されています。劣悪な自然環境のなかで生活していた当時の人びとにとっては、生命や生命の継続がもっとも大切であり、魚はまさにその生殖力、ひいては生命そのもののシンボルであったのです。

これからお話ししようとする日本の近代の女性作家岡本かの子の文学のなかでも、まさに魚が女性のシンボルとして形象化され、さらにそればかりでなく女性の生命、ひいては生命《いのち》そのもののシンボルとしても表現されているのです。

岡本かの子は一八八九（明治二十二）年に生まれ、一九三九（昭和十四）年に満四十九歳で亡くなりました。歌人であり、仏教（大乗仏教）の研究家でもありましたが、晩年近くなってから小説が認められて次つぎと名作を発表し、その作家生活の絶頂ともいうべきときに亡くなりました。夫は売れっ子の漫画家岡本一平であり、息子の岡本太郎は有名な前衛的画家です。岡本かの子はナルシスト、唯美主義者、浪漫派などともいわれ、岡本一平をはじめとする男性たちによって〝いのちと母性の作家〟として神話化されてきましたが、今日女性たちによって読み直しが進められています。

わたしは、この作家の『母子叙情』『河明り』『家霊』『金魚撩乱』などについて論じてきました。この作家は日本の近代の女性作家のなかでも、もっとも読み直す価値のある作家の一人だと考えます。彼女はとりわけ家父長制に関わる問題をあからさまに表現することを避け、象徴や暗喩やアレゴリーなどを使って隠しながら表現しています。これらの象徴や比喩を解読し、隠された地層を発掘していくと、彼女が近代の家父長制社会のなかで何を感じ、何を表現したかったかということがより深くわかってくるように思います。

岡本かの子には独特のイメージの体系、象徴から寓喩《アレゴリー》に至る体系があると考えられます。そしてその体系の中心にあるのが、女性のいのちの象徴としての魚のイメージなのです。

岡本かの子は女性とそのいのちを魚（海豚《いるか》やどじょうや鰻《うなぎ》の場合もあります）のシンボルで表現し、家父長または家父長になっていく若い男性を、釣師として描いています。女性（魚）が釣り上げられて飼っておかれる場所（家父長制下の家）は、軒下につくられた池や室内の生洲によって表現されています。体が不自由になった老家父長が窓から釣竿を出して一日中釣をしている光景は、二つの小説に出てきますが、なかなか陰惨なものです。「父は死ぬ間際は、書斎の窓の外に掘つた池へ、書斎の中から釣竿を差し出して、憂鬱な顔をして鮒や鮠《はえ》を一日中釣つてゐましたよ。関節炎で動けなくなつてゐました」（『母子叙情』）。「痩せて肩が尖つてゐる中老人です。部屋の中にゐながら長い釣竿を出して小さい池に向つて立て膝をして綸《いと》を垂らしてゐます。手も竿もぶる〳〵慄えてゐます」（『生々流転』）。

一方『河明り』のなかの木下という青年は、「海の男」といえるほど海が好きな船乗りですが、かれを愛している娘と会うときには、海からではなく家になかにある生洲の方から、釣竿を手にして現れるのです。作者は海のなかにも生洲があり、釣をしている人たちがいると書きながら、わざわざこの青年を室内にある生洲の方から出現させせています。そして青年に会ったときの娘の表情や仕種《しぐさ》は、まるで釣り上げられて苦悶している魚そっくりに描かれています。次のように。

「ふだん長い睫《まつげ》毛をかむつて煙つてゐる彼女の眼は、切れ目一ぱいに裂け拡がり、白眼の中央に取り残された瞳は、異常なシヨツクで凝つたま丶、ぴり〳〵顫動してゐた。口も眼のやうに竪《たて》に開いてゐた。小鼻も喘いで膨らみ……（後略）」

この青年と娘は結ばれることになるのですが、青年はやがて家父長となり、娘は釣り上げられて生洲に飼われる魚のように、家父長制下の「家」のなかに閉じこめられる「妻」になっていくだろうということが、生洲や釣竿その他さまざまなイメージによって、暗示されています。これらの釣や釣人、生洲などの一連のイメージは、河や海のような〈特殊と普遍が一体化した〉シンボルでもなく、〈特殊

のなかに普遍を見る〉メタファでもなく、〈普遍にたいする特殊を求める〉アレゴリーだと考えます。(1)
『家霊』という小説では、どじょうやなまず、すっぽん、河豚、夏はさらし鯨などを食べさせる料理屋が舞台ですが、ここで張場（会計）を預る女たち（母と娘）は、「千本格子」と「張場格子」の二重の格子のなかに深く閉じこめられています。

この店の屋号が「いのち」という名で、そこへ男たちは、いわば女の「いのち」を食べにやってくるのです。この店に、毎晩どじょう汁をねだりにくる老彫金師がいるのですが、この老人は、夫に浮気され、苦しんでいた「おかみさん」（母親）を「いのち」をこめて慰めていた「慰め手」だったのです。

老彫金師と「おかみさん」の「いのち」の呼応（交流）は、彫金師が「いのち」をこめて彫り上げるかんざしなどの贈り物のやりとりとして描かれていますが、裏側には、性の交わりが隠されているとわたしには思えます。ちなみに、このおかみさんの顔は、「さらし鯨」そっくりに描写されています。

このように、岡本かの子の代表的な小説においては、女性が魚（あるいは水中動物）のシンボルで表現されることが多く、しかもそれらは女性の「いのち」のシンボルとして使われているのです。したがって、女性を苦しめる家父長制は、女性の「いのち」、いや生きものの「いのち」そのものに関わる致命的なものとして、批判され、断罪されていたということができます。

それでは岡本かの子は、どのようなところに女性（そして男性）の解放の道筋をみていたでしょうか。

2　深層でうねる海

岡本かの子にとっては、魚が自由に泳ぎまわることのできる海こそは「果てしも知らぬ白濁の波の彼方の渾沌未分の世界」（『渾沌未分』）であるとともに解放の場所であり、川から海へという方向性こそが解放の道筋だったように思います。彼女は日本の関東地方を流れる多摩川という川の川べりで育っています。彼女の魚や川への関心も、そのことと関係があるでしょう。

彼女にとって海は自由や解放のシンボルだっただけでなく、苦悩や疎外からの治癒や救済のシンボルでもあったように思います。彼女は結婚と長男出産後のある時期、夫の放蕩、尊敬していた兄の死、父の破産、母の死、恋愛と相手の青年の死など、さまざまな不幸によってうちひしがれ、真剣に宗教に救いを求めてついに大乗仏教にたどりついた人です。大乗仏教の「空」の教えは、彼女の小説のなかにも深くとり入れられています。海はこの大乗仏教の経典が隠されていたと伝えられる竜宮のあるところとして、『河明り』のなかに重要なシンボル性を担って表現されています。また死後発表された長編『生々流転』でも、海は大乗仏教の「不住」を体現する流浪者、蝶子の行きつくであろうところとして、暗示されています。

このように海はかの子の文学のなかで重要な解放・救済のシンボルとしての位置を占めているのですが、直接描写されることはほとんどなく、『河明り』でも、描かれるのは常に河なのです。主人公の娘と語り手の「私」は小説の後半では船でシンガポールまで行くのですが、その過程でも、海はまったく描写されていません。その代わり、海は小説のいわば深層にもぐっていて、熱帯の海を思わせるような飾りつけをした娘の部屋や、やはり熱帯風の娘の父親の温室などの形をとって、深層でうねり、しぶきを上げているのです。そして現実の世界で展開するのは、前述した青年木下が二人の母親（産みの母と育ての母）の葛藤のなかですっかり女嫌いになってしまったことや、かれがやはり家父長になっていくことを暗示するような生洲をめぐる出来事です。

解放と救済のシンボルとしての海は、まだこの世に姿を現していない非現実の存在である、というのが岡本かの子の感じていたことではないかと思います。

海ばかりでなく、生きものの「いのちから学ぶ」ということも、岡本かの子が人間解放、とくに家父長制や男性優位社会に毒された男性の解放の道筋として示した重要なプロセスです。『金魚撩乱』のなかの崖下の金魚づくりの青年復一は、自分の思いのかなわない崖上のお屋敷の少女真佐子への屈折した恋情や羨望や嫉妬を、真佐子より美しい金魚（蘭鋳《らんちゅう》）を創造する企てによって満たそうとします。しかしかれの征服欲や支配欲は次つぎに打ち砕かれていき、かれは次第に男性優位社会での〝男性性〟から自由になり、ほとんど母性的な存在に変わっていきます。そしてかれの十数年間の努力がすべて水泡に帰したと思われた直後、復一の支配と管理と技術の及ばないところ、暗い打ちすてられた金魚の「姥《うば》捨て場」から、この上なく美しい金魚が現れるのです。ここでは創造性＝男性性という、父権制社会に特有な観念が徹底的に解体され、男性が支配欲や征服欲など既成の男性性の解体＝死の果てに甦る可能性が示されています。そして金魚という生きもののいのちとの関わりが、その重要な媒体になっています。

このようなことは、岡本かの子の華麗な文学的表現や見せかけの男性賛美や母性賛美の言葉にまどわされて、今日までほとんど発見されず、注目されてきませんでした。同じことは他の女性作家についてもいうことができます。今日、わたしたちは女性解放、人間解放の立場に立って文学の読み直しを進めていますが、とりわけ近代女性文学の深層には、近代日本社会を生きた女性の生の在りようが、その解放への熱望と共に深く埋めこまれているのです。

注

（1）本書「男性性の解体――『金魚撩乱』を読む」の注（4）参照。

中国女性作家との交流

一九九五年六月十日から二日間、城西国際大学と中国社会科学院の主催で、日中女性学・女性文化フォーラムが北京で開催された。中国側の命名では、「中日女性比較研討会」である。日中の女性学や女性文学の研究者が共同で学会を開くのは、長い日中の関係史のなかでもはじめてのことであり、日本と中国、そして日本のアジアとの関係が新しい時代を迎えつつあることを改めて実感させる出来事であった。

会議はきわめて刺激的なものだった。わたしの出席した文学の分科会では、中国側は作家、批評家をはじめ、詩や古典や思想の研究者など、多彩な人材をくり出してきた。萬葉集における中国詩の影響を、額田王など女性歌人を例にあげて具体的に論じた人もいたし、現代の女性詩人について活発に論じた人もいた。

中国伝統の陰陽五行説を女性の視点から論じた発表も、大変興味深いものだった。中国の陰陽二元論は、初めは陰＝女性が先であり元であったのが、周の時代（紀元前一一〇〇頃〜前二五六）に家父長制の確立にともなって逆転されたという。下限ですら日本では弥生時代であり、中国の家父長制の長さ、強固さを感じさせられた。

そういう伝統のためか、中国の女性作家や詩人たちはかなりつらい場所で仕事をしているという印象をわたしは受けた。陳染さんという若い女性作家は、中国にはいい男性がいない、自分は男女の愛をテーマにして書いているが、絶望的な気持ちになる、これからはジェンダーにとらわれず同性であっても高い精神的な愛が可能ではないかと、いわば脱ジェンダー宣言をして注目を集めた。また留学先のエジンバラから帰ったばかりという若い男性批評家が、男根中心主義というような現代フェミニズム・現代批評の言葉を使って女性作家の一人一人を分析し、擁護し、最後に「歴史との対話がほしい」としめくくったのが印象的だった。

察するところ、中国には日本にあるような女性文化や女性読者の層といった緩衝地帯がなく、あるいはあるとしても日本とは形がちがっていて、直接父権主義と接するような地点で書かざるを得ないのではないだろうか。そのため、いまは女性主義を主張する時期でもあるように思われた。日本の女性作家の方がその意味では甘やかされているのかもしれない。わたし自身は岡本かの子の文学を中心にして日本近代文学の深層について発表したが、魚のイメージや家父長制など中国文化と共通する面も多く、これからの交流が楽しみな二日間だった。

岡本かの子年譜

一八八九年（明治二十二）
三月一日、東京市赤坂区（現、東京都港区）青山南町三丁目二十三番地の寮（別邸）に父大貫寅吉、母あいの長女として生まれた。カノと命名。兄二人、弟三人、妹四人。大貫家は大地主で、旧幕時代は大和屋と号して幕府御用商を勤め、苗字帯刀を許された。武蔵野の産物を東京に卸す問屋で、いろは四十八蔵をもつ豪商であった。

一八九二年（明治二十五）　四歳
両親とともに横浜野毛山の別邸に移る。

一八九四年（明治二十七）　六歳
腺病質の遺伝のため神経過敏で身体が弱く、両親に分かれて神奈川県橘樹《たちばな》郡高津村二子の伯父の住む本邸に戻る。薩摩藩祐筆の妹で教養豊かな近親の未亡人つるが養育母となり、音楽、舞踏のほか『万葉集』などの古典、西洋近代史を教えられ、早教育を施される。

一八九六年（明治二十九）　七歳
高津村の尋常高津第二高等小学校に入学。両親が二子に戻り、同居する。

一八九七年（明治三十）　八歳
神経性の角膜炎の眼疾のため休学して養育母とともに京橋竹海岸付近の仮宅に移る。宮下病院に通院して治療を受ける。

一八九八年（明治三十一）　九歳
二子本邸に戻る。尋常第二高等学校に再入学。成績優秀で、とくに書道と作文が優れた。

一九〇一年（明治三十四）　十一歳

四月、一年早く溝ノ口の尋常高等小学校卒業。成績抜群により郡教育会から特別賞状を受ける。

一九〇二年（明治三十五）　十三歳

九月、次兄雪之助（のち、晶川）が府立第一中学校に転校、一級上に谷崎潤一郎らがいた。かの子は雪之助によって文学への自覚を促され、強い影響を受けた。

十二月、神田猿楽町（現、小石川柳町）の跡見女学校に入学。寄宿舎に入った。

一九〇五年（明治三十八）　十六歳

短歌を跡見女学校の校友会誌『汲泉』に大貫かの子、大貫歌野子の署名で掲載。

次兄雪之助の文学活動がはじまる。

一九〇六年（明治三十九）　十七歳

初めて谷崎潤一郎に会って圧倒され、感激する。兄とともに与謝野鉄幹・晶子の新詩社に加わり、七月より大貫可能子の名前で機関誌『明星』に隔月に短歌を発表。

一九〇七年（明治四十）　十八歳

三月、跡見女学校を卒業。二子に帰る。このころ東京帝大法学部学生松本某と恋愛、松本は強度の神経衰弱のため急逝した。

六月から「新詩社」主宰の「閨秀文学講座」を三ヵ月間聴講した。秋、同講座の解散後、馬場孤蝶宅における西欧文学の講義に週一回参加、そこで平塚らいてう、青山（山川）菊枝、茅野（増田）雅子、長谷川時雨らを知る。

一九〇八年（明治四十一）　十九歳

青山の寮近くに住む小説家志望の伏屋武龍と恋愛

に陥る。

内外の文学書を読みふける。

『明星』一一号と終刊号に短歌を発表。

一九〇九年（明治四十二）二十歳

一月、『スバル』の発足と同時に同人となり、自意識の強い苦悩の短歌を発表。女流新人として認められるようになった。

伏屋との恋愛を両方の親から反対される。そのため二人でかれの姉の嫁ぎ先千葉県飯岡町へ駆け落ちするが、一ヵ月足らずで引き戻され、周囲に裂かれて破恋に終わる。

夏、憂鬱症の療養のため信州沓掛に寅吉、雪之助と避暑滞在し、同宿の上野美術学校（現、東京芸術大学美術学部）生中井金三らと親しむ。秋、中井の同級生の岡本一平と会う。

一九一〇年（明治四十三）二十一歳

一平と交際を深める。八月、一平は洪水の多摩川を渡り、一夜を徹して大貫家に結婚許可を求める。東京の工学士と縁談があり、家事向きに仕込んだ娘ではないと断わられるが、かの子を粗末にしないという血判書を添えて承諾される。秋、和田英作夫妻の媒酌で結婚。京橋南鞘町の岡本家に同居。

一九一一年（明治四十四）二十二歳

二月、長男太郎を二子の実家で出産。

この頃、舅竹次郎の援助により赤坂区青山北町六の五十五の新居に移転。一平の帝国劇場の背景描きなどで生計をたてるが経済的に窮乏、実家の援助を受けつづける。父寅吉は高津銀行破綻の責を負い、その事後処理のため大貫家は四、五十町歩の土地を手放してほとんど破産に瀕した。

十二月、平塚らいてうに招かれて八月に設立された青鞜社に入社。

一九一二年（明治四十五・大正元）　二十三歳

一平が風俗画家以上になり得ない幻滅を、雪之助に訴える。

一平は『朝日新聞』に解説入り漫画（コマ絵）を連載するようになり、大好評を博し、正式に朝日新聞社に入社。収入が増え流行児となった一平の放蕩がはじまる。

かの子の短歌のファンとして初夏に訪れた早稲田大学文科の学生堀切重雄との間が恋愛に発展する。

十一月、次兄雪之助、急性丹毒症のため急死。

十二月、一平の発意で木版手刷の歌集『かろきねたみ』を青鞜社より刊行。

一九一三年（大正二）　二十四歳

一月、母アイ死去。一月から十一月まで毎月短歌を『青鞜』に発表、そのほとんどが重雄との恋愛を歌ったものだった。

二月、妹キンを重雄の下宿に発見、親密になったのに激怒する。キンを遠ざけ、実家に働きかけて強引にキンを嫁がせる。

八月、長女豊子を出産（八ヵ月で死去）。

この頃より一平に蕩児時代の再燃あり、夫婦関係は破綻をきたした。

十月末、キンより重雄との恋の告白と威嚇を受け、「産後の逆血」の発作を起こして正気を失ったまま岡田病院に入院。ジフテリアを併発して生死の境をさまよう。

一九一四年（大正三）　二十五歳

堀切重雄の生家からの仕送りが絶えたのを機に、一平の助言で重雄を養うかたちで堀切重雄が一時同居した（翌年初夏まで）。

一九一五年（大正四）　二十六歳

一月、二男健二郎を出産（六ヵ月で死去）。

一九一六年（大正五）　二十七歳

一平は懊悩の末、建長寺の原田祖岳師のもとに参禅。春、浅草の豊年斎海坊主に弟子入りしてかっぽれを修行し、浅草の舞台に出る。かの子はのちにこの四年間を「魔の時代」と呼んだ。

十月、重雄が肺結核のため郷里で死去。

一九一七年（大正六）　二十八歳

荒廃した心の救いを求めて一平とともに麹町一番教会を訪れ、植村正久について週一回聖書の講義を受ける。罪や罰、善や悪を教える聖書の講義にかの子は救われず、かえって迷い苦しんだ。このころより一平と生涯にわたり兄妹のような因縁を結んで夫婦関係を絶つことを誓い、実行した。

慶応の学生恒松源吉、安夫の兄弟が下宿。安夫はしだいに岡本家のマネージャー的存在となる。

一九一八年（大正七）　二十九歳

二月、第二歌集『愛の悩み』を東雲堂より刊行。

弟喜七、航海中投身自殺する。

一九二〇年（大正八）　三十歳

「魔の家」を引き払い、芝区（現、港区）白金三光町二百九十三番地に転居。

太郎は慶応幼稚舎に入学、寄宿舎に入る。

キリスト教の罪意識に迷いを深めたかの子は、一平の勧めで読んだ親鸞の「歎異抄」に光明を見出す。

水町京子等の『水甕』系統に属して短歌をひきつづき発表。

十二月、はじめての小説「かやの生立」を『解放』に発表。

川端康成の知遇を得、また中条（宮本）百合子の面識を得た。

一九二一年（大正十）　三十二歳
人間的な煩悩を肯定し、その上に人間は平等に仏性があり救済されるとする他力信仰に親しむ。法然、日蓮、道元など鎌倉仏教の開祖たちの言行録を耽読し、また建長寺の禅道場にこもる。仏教研究は八宗の教義の体系的な研究に及び、さらに原始仏教、龍樹の大乗仏教へとすすんだ。それにより「生命哲学」の思想を確立する。

一九二二年（大正十一）　三十三歳
一平は婦女界社の社長都河竜と世界漫遊をした。
六月、恒松源吉、腸チブスで急逝。

一九二三年（大正十二）　三十四歳
七月、鎌倉の平野屋に宿泊中の芥川龍之介と知り合う。
九月、鎌倉駅で関東大震災に遭い、翌日帰京。家は焼失していた。一時島根県大田市の恒松家に避難。
十月、上京して白金今里町に仮住居。

一九二四年（大正十三）　三十五歳
三月、「さくら百首」を『中央公論』に発表、好評を受けた。
白秋らの『日光』（四月創刊）によって短歌を多量に発表。
九月、青山南町三丁目二十四番地に転居。柳原白蓮と交わる。
このころ痔の手術のため慶応病院に入院、外科医新田亀三と恋に陥る。

一九二五年（大正十四）　三十六歳
新田はかの子との恋愛が評判になり、実質的に慶応大学病院を追われて北海道に左遷され、岩見沢病院に赴任。以来十ヵ月間、かの子は亀三を追い、一平が青森まで見送って二、三度北海道を訪れた。

青山南町六丁目八十三番地に転居。
五月、第三歌集『浴身』を越山堂より刊行。

一九二六年（大正十五・昭和元）　三十七歳
青山南町三番地に転居。
秋、九条武子の戯曲「洛北の秋」の成功に刺激されて戯曲「ある日の蓮月尼」「寒山拾得」などを試作した。

一九二七年（昭和二）　三十八歳
震災後の仏教復興の機運により、執筆、放送、講演の依頼が多くなった。
七月、芥川龍之介の自殺の報に大きなショックを受ける。

一九二八年（昭和三）　三十九歳
三月、『読売新聞』宗教欄に「散華抄」を連載（十二月六日まで二一五六回）。
新田亀三、弟の死去を契機に岡本家に同居。

一九二九年（昭和四）　四十歳
四月、太郎が上野の美術学校に入学。
五月、『散華抄』を大雄閣より刊行。
六月、『一平全集』の配本開始。
十二月、『わが最終歌集』を改造社より刊行。翌年一月から開催されるロンドン軍縮会議に朝日新聞社から漫画全権として派遣される一平とともに、太郎、恒松安夫、新田亀三を伴い外遊の旅に出た。

一九三〇年（昭和五）　四十一歳
一月十二日、マルセイユ着。十三日早朝パリのリヨン駅着。一平と行をともにし、ロンドン、パリ、ベルリンなどヨーロッパの主要都市に約半年ずつ居住した。パリに残した太郎とは七月にロンドンで再会、二ヵ月をともに過ごす。

一九三二年（昭和七）　四十三歳

一月、太郎をパリに残しアメリカ経由で帰国。三月十日ごろ横浜港着。帰国後、たてつづけに西欧紀行文を発表する。一方、仏教界の復興機運が高まるなかで執筆、放送、講演の依頼を多く受ける。

一九三三年（昭和八）　四十四歳

十月、「百喩経」を川端康成に送り、『文学界』への発表を依頼、小説家として立ちたい決意を示す。この頃、一平は自ら第一線から退きはじめる。十二月、父寅吉死去。通夜の晩、軽い脳充血にかかる。

一九三四年（昭和九）　四十五歳

春、胆石症のため一時病臥。この年、仏教ルネッサンスの機運が隆盛となる。午前は仏教書の執筆、午後は小説の修行に没頭する。

九月、第一随筆集『かの子抄』を不二家書房より刊行。

十月、書き下ろし『総合仏教聖典講和』を交蘭社より、書き下ろし『観音経　付法華経』を大東出版社より刊行。

十一月、書き下ろし『仏教読本』を大東出版社より、書き下ろし『人生論』を建設社より刊行。

十二月、戯曲「阿難と呪術師の娘」が六代目菊五郎により東京劇場で上演される。

一九三五年（昭和十）　四十六歳

十月、「上田秋声の晩年」を『文学界』に発表。「鶴は病みき」を『中央公論』編集長に届け掲載が予定されるが、かの子が谷崎潤一郎に反物などを届けて推薦を頼み、谷崎に断わられる。

十二月、「荘子」を『三田文学』に発表。

一九三六年（昭和十一）　四十七歳

三月、紀行文『世界に摘む花』を実業之日本社より刊行。

川端康成、横光利一ら創刊の『文学界』同人に自宅の一部を提供、金銭的援助をした。これは匿名のまま「文学界賞」に当てられた。

六月、「鶴は病みき」を『文学界』に発表、芥川の心理に迫った描写が注目される。賛否相半ばしたが、文壇へのデビュー作となる。戯曲「敵」を『三田文学』に発表。

九月、「混沌未分」を『文芸』に発表。

十月、第一創作集『鶴は病みき』を信友社より刊行。

十一月、第二随筆集『女性の書』を岡倉書房より刊行。

十二月、「春」を『文学界』に発表。

一九三七年（昭和十二）　四十八歳
一月、「肉体の神曲」を『三田文学』に連載（十二月まで七回）。

三月、「母子叙情」を『文学界』に発表。各雑誌から注文が殺到する。

六月、「花は勁し」を『文芸春秋』に発表。

七月、「過去世」を『文芸』に発表。

九月、第二創作集『夏の夜の夢』を版画社より刊行。

十月、「金魚撩乱」を『中央公論』に発表。恒松安夫が金魚の養殖や業種改良のデータを蒐集した。

十二月、「落城後の女」を『日本評論』に、「勝ずば」を『新女苑』に発表。第三創作集『母子叙情』を創元社より、第三随筆集『女の立場』を竹村書房より刊行。

一九三八年（昭和十三）　四十九歳
前年からひき続き、精力的に創作活動を展開、小説に打ち込んだ。
三月、「やがて五月に」を『文芸』に発表。
五月、第四創作集『やがて五月に』を竹村書房より刊行。

恒松安夫が牧野幸との結婚話からかの子の怒りに触れて家を出る。

六月、第四随筆集『希望草紙』を人文書院より刊行。

七月、「巴里祭」を『文学界』に発表。

八月、「東海道五十三次」を『新日本』に発表。

十一月、「老妓抄」を『中央公論』に発表。

十二月、第五創作集『巴里祭』を青木書店より刊行。「丸の内草話」を『日本評論』（翌年一、四月まで三回）に発表。

この他、「狐」「みちのく」「快走」「高原の太陽」等を発表。

十二月十二日、慶大生と油壺に滞在中三度目の脳充血で倒れる。

一九三九年（昭和十四）

新年を神奈川県三崎で迎える。やがて青山の自宅に戻り、静養する。

一月、「鮨」を『文芸』に、「家霊」を『新潮』に、「娘」を『婦人公論』に発表。一平と新田の献身的な看病を受けるが、二月十七日、容態が急変して帝国大学小石川病院に移された。意識不明に陥り、翌十八日、永眠。満四十九歳。防腐のため新田が注射を打ち続け、一平と新田がひそかに二十一日、多摩墓地に土葬。墓標は「雪華女史岡本かの子之墓」。初七日に各夕刊紙を通じて訃報を発表した。

＊　＊　＊

三月、生前に計画された『老妓抄』が中央公論社より刊行された。

四月、『文学界』『短歌研究』が「岡本かの子追悼」を特集した。七日、文壇、歌壇の追悼会が丸の内東洋軒で盛大に開かれる。「河明り」が『中央公論』に掲載された。「生々流転」が『文学界』に連載された（十二月まで九回）。

五月、「雛妓」が『日本評論』に、「或る時代の青年作家」が『文芸』に掲載された。第七創作集『丸の内夜話』が青年書房より刊行された。

秋、一平は晶川の遺児大貫鈴子に求婚し拒絶される。年末、新田亀三は郷里に帰る。父が続けていた新田医院を継ぎ、無投票で白川村の村長に選ばれ、翌年、結婚。

一九四〇年（昭和十五）

一月、「女体開顕」が『日本評論』に連載された（十二月まで十一回）。第九創作集『生々流転』が改造社より刊行された。

七月「宝水噴火」が『文学界』に掲載された。

八月、太郎が十一年ぶりに帰国して前衛画家として認められる。

九月、歌集『深見草』（四歌集と『新選岡本かの子集』から選歌したもの）が改造社から刊行された。

十一月、第五随筆集『池に向ひて』が古今書院より刊行された。「富士」が『文芸』（十六年四月まで六回、未完）に連載された。

一九四一年（昭和十六）

一月、一平は山本やゑと結婚（一男二女をもうけた）。

三月、『鮨』が改造社より刊行された。

一九四二年（昭和十七）

太郎が召集される（昭和二十一年六月まで）。

一九四三年（昭和十八）

六月、第十創作集『女体開顕』が中央公論社から刊行された。

九月、『かの子短歌全集』第一巻（以下未刊）が昭南書房より刊行された。

一九四五年（昭和二十）

一平は岐阜県西白川の新田亀三の家に疎開、その後同村の家の二階を借りて暮らしはじめた。

一九四八年（昭和二）

二月、『岡本かの子全集』全十三巻（九巻で中断）を実業之日本社より刊行。

十月十一日、岡本一平は美濃加茂市の岸本八郎宅で入浴中脳溢血を起こして病没した。享年六十三歳。

恒松安夫は島根県知事を二期つとめ、一九六三年五月十日病没。

新田亀三は一九七一年九月四日、病没。

＊　この年譜は『岡本かの子全集　別巻2』（一九七八年三月、冬樹社）の熊坂敦子氏作成の年譜をもとにした。

あとがき

この本は一九九〇年から二〇〇四年までの十四年間に、岡本かの子について書いた文章をまとめたものである。

岡本かの子という作家に関心をもったのは、「岡本かの子の秘密」で書いたように、かの子晩年の作『老妓抄』を読んだのがきっかけだった。さらに『母子叙情』を読み、かの子の母性観、母性探求について考えてみたいと思った。ことにここに書きこまれている母性の影の部分、加害の面は、「エゲリア（泉の女神）」や「原・母《ウールムッター》」といったかの子神話に災いされたためか、これまでまったくといっていいほど無視されてきた側面だった。

母性のもつこの影の面が、家父長的な夫への憎悪と表裏一体になっていること、父・母・子の家族の人間関係が蔦のイメージのなかに隠されていることに気づいたとき、わたしはかの子の小説作品における比喩の重要性に目を開かれた。登場人物の名前も、一種の比喩として選ばれているのだ。そこから、『河明り』『家霊』『金魚撩乱』などにこめられている魚のイメージの解読に導かれていったと思う。そしてそれらが暗喩《メタファ》としてではなく寓喩《アレゴリー》として用いられていることが、次第に明らかになってきた。魚や水中生物の比喩と植物の比喩が車の両輪のように使われていることがわかったとき、最初に読んだ『老妓抄』も自然に読み解けていた。

『生々流転』については、葛岡という名前と庭師という職業、安宅先生に託されている「狩人」や「山」、池上の「池」などを手がかりにして考えていった。蝶子の「蝶」、「乞食」、そしてもちろん「水」や「河」も、なにかを語っていた。家父長の問題が釣りのイメージとともに背景に退いていくにつれて、葛岡の存在が浮上してきた。百合ヶ丘に住んでいたころ経験した旺盛な葛の生命力がわたしのなかに甦り、長篇『百年の跫音《あしおと》』を書くために調べつくしたディオニュソスの名と結びつきそうになっていた。ディオニュソスといえば、女性の性との関係を度外視することはできない。

そのうちに、わたしはホメロスの『オデュッセイア』物語の、トロイア戦争に出陣したオデュッセウスが二十年の放浪ののち乞食に身をやつして故郷に帰る結末が、ここに使われていることに気がついた。それ以来、わたしはギリシアの叙事詩や神話に注目するようになった。もともとこの作品には、濃厚な神話的な雰囲気が漂っているのだ。

昨年の秋、わたしは思い立って一度は行ってみたいと思っていたギリシア旅行に出た。オデュッセウスの王宮趾のことはわからなかったが、この戦争に総大将として出陣し（そのときかれは妻の承認なしに娘のイフゲーニアを生け贄にしている）、帰国後妻の愛人アイギストスに刺されて非業の死を遂げたといわれるアガメムノン王のミュケーナイの遺跡は、シュリーマンによって発掘されてペロポネソス半島東方の見晴らしのいい丘の上に、白い岩肌をさらしていた。名高い「獅子門」の内側左手には洞窟状の小部屋が掘られていて、一人か二人の兵士ならそこで寝ずの番ができただろうと思われた。

丘の上の宮殿奥座敷には平らな石畳が敷かれていて、床下をのぞくと、方形の石の管が通っていた。生活排水がこの下水管を通って下の傾斜地に落ちる仕組みである。また注意してみると、床には四本の大理石の柱の址がはっきり残っていた。井戸の趾も下の方にあった。

成人したアガメムノンの息子オレステスは、アイギストスと母クリュタイメストラを殺して父の仇を討つ。アイスキュロスの悲劇『慈みの女神たち』によれば、かれを無罪と判定したのがアポロンの宣託であった。子をもうけるのは母ではなく父であると宣言したのだ。これは母権制から父権制への転換、父権制の確立を意味している。

しかしわたしのギリシア旅行の最大の収穫は、『生々流転』の登場人物の原型をギリシア神話のなかに見出したことだった。ある日バスに揺られていたわたしの耳に、河神の娘ダフネへのアポロンの恋を語る女性ガイドの声がはいってきたのだ。ダフネはギリシア本土の北方テッサリア平野を貫通する大河ペーネイオスの娘といわれる。あるとき弓と矢を手挟んだエロスは、天上でアポロンにからかわれた。その腹いせに、エロスはパルナッソス山の山頂から金のやじりのついた矢をアポロンに、銅のやじりのついた矢をダフネに向けて射たのだった。金の矢は恋の矢、銅の矢は恋をきらう矢である。恋するアポロンはダフネを追いかけ、ダフネは逃げて、ついに一本の月桂樹に変身した。それ以来、月桂樹はアポロンの神木となったのである。ダフネはアポロンに愛を与えなかったが、月桂樹となって霊感と詩的情熱をかれに与えたのだった。

アポロンは若々しい美男子で笛の名手でもあり、多くの恋をするが、いつも恋の勝利者だったわけではない。ガイドはそんなことも語っていた。ふと、『生々流転』の蝶子の原型はダフネではないか、という考えが脳裏にひらめいた。そして池上がアポロンでは……。その日のわたしのメモ帳には、「アポロン＝池上、ダフネ＝蝶子、アルテミス＝安宅先生、ディオニュソス＝葛岡＝アドニス」という文字が記されている。

アポロンはデルポイ渓谷に悠久の昔からあった大地ガイアあるいはテミス女神の宣託所を守っていた大蛇ピュトーンを殺してこの地を占有し、自分の社殿を建てたといわれる。わたしはデルポイの地で、ガイアの巫女が宣託を下していたという大岩を見ることができた。アポロンがエロスをからかったのも、大蛇を退治したばかりで心が驕っていたからだという。母権制打倒を象徴する大蛇退治の話からみても、前述したオレステスへの宣託から考えても、アポロンは父権制を体現する存在である。かれは女性にたいしてゼウスのような乱暴なふるまいはしないが、立派な一個の父権主義者なのだ。アポロンの恋が意外に実らないのも、そのためではないだろうか。岡本かの子はこのアポロンに、一平をモデルにした池上をなぞらえたのだ。

それに限らず、岡本かの子の小説にこめられているシンボルやアレゴリーの体系、神話的人物配置などの知的な方法的操作は、これまでほとんど気づかれず、注目されてこなかった。かの子の小説は、よくいわれるようなナルシシズムの無方法、無自覚な表出などではない。そのバロック的な表現世界には、大乗仏教にもとづいた豊かな生命の思想と、幅広い教養と美的感覚に裏づけられた知的な方法意識が貫いているのである。

かの子の小説に表現された〈回帰するいのち〉は、人間だけでなく彼女が比喩として用いた魚や植物たちすべてのいのちと平等に生きるいのちであり、しかも生物学上の生命というだけでなく、その意味を語り出すべきいのちなのだ。彼女の小説は女性自身による女のいのちの表現であり、〈母性〉や〈母と息子〉だけでなく、いやそれよりむしろ、〈母と娘〉〈女と女〉の新たな関係性の創造につながる道を暗示している。それは彼女が家父長（夫）への憎しみを克服する過程で見出した光であり、未来への道標だったということができるだろう。

ただ惜しいことに、彼女は自分の表現の上に男性社会に受け入れられやすい母性主義・母性賛美のヴェールをかぶせてしまった。それへの批判は、「岡本かの子の民族意識と戦争協力をめぐって」に書いた通りである。

さらに、彼女の思想と表現は近代思想・近代文学を超える内容とスケールをもっているにもかかわらず、いやもっているがゆえに、それと近代の国家や戦争とのあいだには大きなギャップがあり、かの子はそれを埋めることをしなかった。彼女が全力で否定した家父長制こそが日本の国家主義を支えていたにもかかわらず、国家や戦争についての彼女の思想は、おおむね常識的なブルジョア・ナショナリズムや国権意識のうちにとどまっていた。そこに彼女の思想の限界があり、その戦争協力の思想的な根拠がある。この限界を乗りこえるのは、アメリカのはじめたイラク紛争に加担し、地球環境の崩壊のただ中にいる現代のわたしたちの仕事だと思う。

現代文学においてはイメージと意味が分離しているのが普通だが、かの子の小説ではすべての細部においてイメージが過剰な意味によって充填され、意味が豊穣なイメージのなかに埋めこまれている。それが彼女の文体を形づくっているのだ。そのイメージは奔放で多義的でありながら思想と方法によって制御されていて、読む者に解読を誘ってやまない。かの子の小説の表層の物語の背後には、彼女が隠しながら表現したもう一つの物語、家父長制を内側から食い破りつつ永遠のいのちを受けついでいく女性たちの物語が生きているのである。その小説世界は、太古からの神話を背後にもった縄文土器のような世界だということができるだろう。

この本は、岡本かの子の小説に隠された「もう一つの物語」を解読する試みである。

なお評論のなかで用いた「家父長制」という言葉は、「父権制」と別のものではないが、「家」に重点をおくためにこの言葉を用いた（歴史的には、「家」の成立以前の父権制も考えられる。たとえば古代の父権王制の時代である。その意味では、父権制の方が広い概念だということができるだろう）。父権制は家族だけでなくあらゆるところに浸透しているが、その矛盾は家や家族のなかにもっとも先鋭に現れる。岡本かの子の小説のテーマも、そこに集中していた。彼女の小説が描いたのは近代の法制度のもとで父権・夫権を強化された家のようにわたしには思えたが、『雛妓』を読むと、かの子はそれを「何百年の間」つづいたものとしてとらえていたようだ。近代の家とそれ以前の家との連続性を感じていたのだろう。

岡本かの子の文学は視覚的なイメージに満ちていて、絵の好きなわたしにとって解読は楽しい作業だった。それにわたし自身の生家もかの子が住み、『母子叙情』に書きこんだ家と同じように蔦のからまる家であり、内容はちがってもやはり家族の葛藤にからまれた家であった。

これらの評論を書く上で、一九九一年の結成以来毎月研究会をつづけている「新・フェミニズム批評の会」のメンバーをはじめとする友人たちの多彩なフェミニズム批評の試みが、大きな励みになった。

最後に、本書の出版に際してお世話になった翰林書房の今井肇氏と今井静江氏に心から感謝したい。

二〇〇四年八月二十七日

高良留美子

初出一覧

母性の光と闇――『母子叙情』をめぐって（原題・母性の光と闇――岡本かの子『母子叙情』をめぐって）

「神奈川大学評論」九号、一九九一年二月

生命《いのち》の河――『母子叙情』から『河明り』へ（原題・岡本かの子『母子叙情』から『河明り』へ）

『生命《いのち》の解読』神奈川大学評論叢書第三巻　御茶の水書房　一九九三年六月

家父長制と女の〈いのち〉――『家霊』について（原題・家父長制と女の「いのち」――岡本かの子『家霊』について）

城西大学国際文化センター：水田宗子編『女性の自己表現と文化』田畑書店　一九九三年四月

男性性の解体――『金魚撩乱』を読む（原題・男性性の解体――岡本かの子『金魚撩乱』）

岩淵宏子・北田幸恵・高良留美子編『フェミニズム批評への招待』学藝書林　一九九五年五月

母性の闇を視る――先端生殖技術から岡本かの子まで

『女たちの視線――生きる場のフェミニズム』社会評論社　一九九〇年五月

男を〝飼う〟試みの挫折――『老妓抄』の比喩が語るもの　書き下ろし　二〇〇三年三月

岡本かの子の民族意識と戦争協力をめぐって　書き下ろし　二〇〇三年五月
「新・フェミニズム批評の会」にて発表　二〇〇四年七月十日東京　のち加筆

一平に歪められたディオニュソス的生命の讃歌――『生々流転』を読む　書き下ろし　二〇〇三年十一月

岡本かの子の秘密　「群像」講談社　一九九三年十二月

モノローグでない小説世界――宮内淳子著『岡本かの子―無常の海へ』（原題・書評＝宮内淳子著『岡本かの子――無常の海へ』）
「昭和文学研究」第三〇集　昭和文学会　一九九五年二月

近代女性文学の深層――岡本かの子を中心に
城西国際大学・中国科学院アジア太平洋研究所主催「日中女性学・女性文化フォーラム」にて発表
一九九五年六月十一日　北京

中国女性作家との交流
「女のしんぶん」　一九九五年七月二十五日

著者による本

【詩集】

『生徒と鳥』一九五八年　書肆ユリイカ
『場所』（第十三回H氏賞受賞）一九六二年　思潮社
『見えない地面の上で』一九七〇年　思潮社
『高良留美子詩集』一九七一年　思潮社・現代詩文庫43
『恋人たち』一九七三年　サンリオ出版
『しらかしの森』一九八一年　土曜美術社
『仮面の声』（第六回現代詩人賞受賞）一九八七年　土曜美術社
『高良留美子詩集』一九八九年　土曜美術社・日本現代詩文庫34
『風の夜』（第九回丸山豊記念現代詩賞受賞）一九九九年　思潮社
『神々の詩《うた》』一九九九年　毎日新聞社

【小説】

『時の迷路・海は問いかける』一九八八年　オリジン出版センター
『発つ時はいま』一九八八年　彩流社
『いじめの銀世界』一九九二年　彩流社
『百年の跫音《あしおと》』上下　二〇〇四年　御茶の水書房

【評論集】

『物の言葉』一九六八年　せりか書房
『文学と無限なもの』一九七二年　筑摩書房
『高群逸枝とボーヴォワール』一九七六年　亜紀書房
『アジア・アフリカ文学入門』一九八三年　オリジン出版センター
『女の選択——生む・育てる・働く』一九八四年　労働教育センター
『母性の解放』一九八五年　亜紀書房
自選評論集全六巻『高良留美子の思想世界』御茶の水書房
1『文学と無限なもの』一九九二年
2『失われた言葉を求めて』一九九二年
3『モダニズム・アジア・戦後詩』一九九二年
4『世界の文学の地平を歩く』一九九三年
5『高群逸枝とボーヴォワール』一九九三年

6『見えてくる女の水平線』一九九三年

【共著】

『女性の自己表現と文化』一九九三年　田畑書店

『生命の解読』神奈川大学評論叢書第三巻　一九九三年　御茶の水書房

『樋口一葉を読みなおす』一九九四年　学藝書林

『フェミニズム批評への招待――近代女性文学を読む』一九九五年　学藝書林

『文学と人間の未来』千年紀文学叢書1　一九九七年　皓星社

『「青鞜」を読む』一九九八年　学藝書林

『宮本百合子の時空』二〇〇一年　翰林書房

『山姥たちの物語――女性の原型と語りなおし』二〇〇二年　学藝書林

『買売春と日本文学』二〇〇二年　東京堂出版

『過去への責任と文学』千年紀文学叢書4　二〇〇三年　皓星社

『女たちの戦争責任』二〇〇四年　東京堂出版

【編書・共訳書・共編書】

マジシ・クネーネ著『太陽と生の荒廃から――アフリカ共同体の詩と文学』一九八〇年　アンヴィエル

『タゴール著作集　第一巻　詩集Ⅰ』一九八一年　第三文明社

『アジア・アフリカ詩集』一九八二年　土曜美術社・世界現代詩文庫1

『タゴール著作集　第二巻　詩集Ⅱ』一九八四年　第三文明社

『高良武久詩集』一九九九年　思潮社

『女性のみた近代』第Ⅰ期全25巻　二〇〇〇年　ゆまに書房

『高良とみの生と著作』全8巻　二〇〇二年　ドメス出版

『世界的にのびやかに――写真集　高良とみの行動的生涯』二〇〇三年　ドメス出版

『女性のみた近代』第Ⅱ期全22巻・別巻6　二〇〇四～二〇〇五年（一部刊行予定）　ゆまに書房

【著者略歴】
高良留美子（こうら・るみこ）
詩人・評論家・作家。1932年東京生。東京藝術大学美術学部、慶應義塾大学法学部に学ぶ。先鋭な文化雑誌「希望《エスポアール》」に参加。56年海路フランスへ短期留学、国立近代美術館事業部勤務。89～96年城西大学女子短大文学部客員教授。
第12回Ｈ氏賞、第６回現代詩人賞、第９回丸山豊記念現代詩賞受賞。

岡本かの子 いのちの回帰

発行日	2004年11月15日 初版第一刷
編　者	高良留美子
発行人	今井　肇
発行所	翰林書房
	〒101-0051 東京都千代田区神田神保町1-14
	電 話 03-3294-0588
	FAX 03-3294-0278
	http://www.kanrin.co.jp/
	Eメール●kanrin@mb.infoweb.ne.jp
印刷・製本	アジプロ

落丁・乱丁本はお取替えいたします

ISBN4-87737-194-X